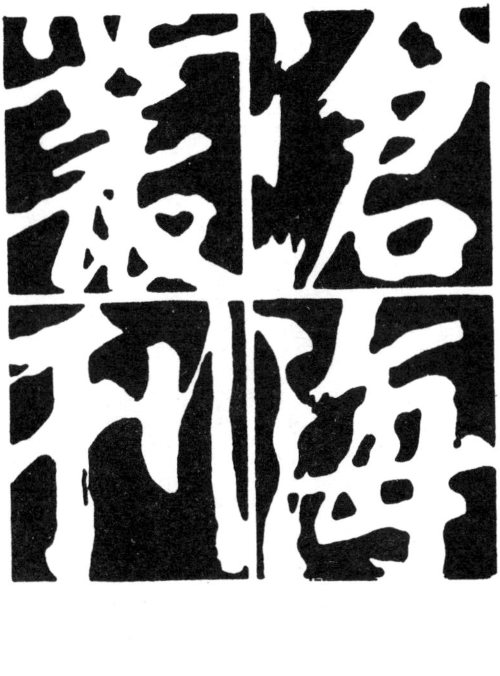

離騷九歌九章淺釋

繆天華 著

東大圖書公司印行

©離騷九歌九章淺釋

著　者　繆天華

發行人　劉仲文

著作財產權人　東大圖書股份有限公司

總經銷　三民書局股份有限公司

印刷所　東大圖書股份有限公司

地址／臺北市重慶南路一段
六十一號二樓

郵撥／〇一〇七一七五——〇號

初　版　中華民國六十四年　九　月
修訂初版　中華民國六十七年十一月
修訂再版　中華民國七十三年　八　月
修訂三版　中華民國八十一年十一月

編　號　E 82018

基本定價　肆元貳角貳分

行政院新聞局登記證局版臺業字第〇一九七號
著作權執照臺內著字第八一三一號

ISBN 957-19-0555-0（平裝）

屈原像

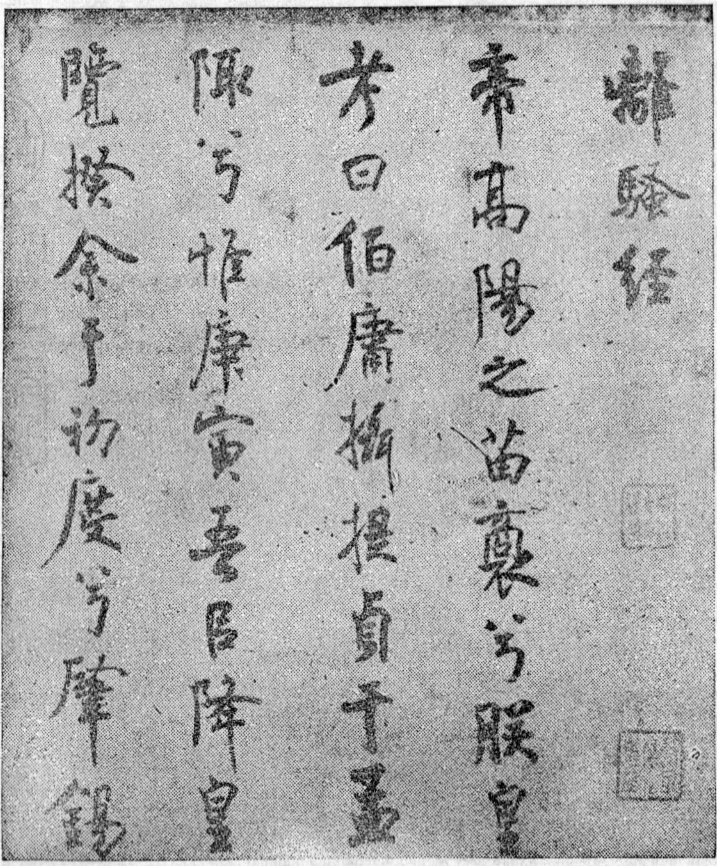

米芾書離騷經

王孝伯言：「名士不必須奇才，但使常得無事，痛飲酒，熟讀離騷，便可稱名士。」

——世說新語任誕篇

三代以下之詩人，無過於屈子、淵明、子美、子瞻者。此四子者，苟無文學之天才，其人格亦自足千古。故無高尚偉大之人格而有高尚偉大之文學者，殆未之有也。

——王國維

離騷九歌九章淺釋 目錄

卷二

九歌淺釋

卷三

九章淺釋

卷末

凡例

一　本書字句，以四部叢刊影印明覆宋刊楚辭補注本爲主，校以洪興祖輯校所引諸本，及朱熹楚辭集注、戴震屈原賦注。

二　離騷依朱熹集注分爲九十三節，九歌九章各篇的分節，兼採集注、屈宋古音義、屈辭精義等書，以韻爲主，使形式比較整齊。

三　本書的注解力求淺明，考證不欲過繁，而又須不犯空疏武斷的毛病。所採舊注，大部分不注明出處，以省篇幅，且使讀者不致沒溺於繁冗的注解中，而失其要義。卷末附「參考書舉要」，讀者如果想作進一步的研究，可翻檢各書。

四　本書注音，先採洪興祖、朱熹諸家舊讀，下面又附注音符號，以便諷誦。

五　篇中協韻的字，有注明古音或方音，大抵依據戴震屈原賦音義。某字在上節已注音者，下面便不再注。其實讀者如果爲了方便起見，一概讀以今音，也無不可。後附「韻讀」，讀者可以參考，以明協韻之處。

六 每節或每篇之後，均附有語體譯述，爲的是幫助讀者了解全篇的旨趣，務求達意，所以用散文翻譯。

卷一　離騷淺釋

導言

屈原的生平見于史記屈原賈生列傳和新序節士篇。新序是劉向作的，在史記之後，節士篇中關于屈原的一段文字，比史記屈原傳簡略，而較連貫，想是參考史記以及別的資料寫成的。茲將史記屈原傳節錄在下面：

屈原者，名平，楚之同姓也。爲楚懷王左徒。博聞彊志，明於治亂，嫻於辭令。入則與王圖議國事，以出號令；出則接遇賓客，應對諸侯。王甚任之。上官大夫與之同列，爭寵而心害其能。懷王使屈原造爲憲令，屈平屬草藁未定，上官大夫見而欲奪之，屈平不與，因讒之，曰：「王使屈平爲令，衆莫不知。每一令出，平伐其功，曰以爲非我莫能爲也。」王怒而疏屈平。

屈平疾王聽之不聰也，讒諂之蔽明也，邪曲之害公也，方正之不容也，故憂愁幽思而作離騷。……

屈平既絀，其後秦欲伐齊，齊與楚從親，惠王患之，乃令張儀佯去秦，厚幣委質事楚，曰：「秦甚憎齊，齊與楚從親。楚誠能絕齊，秦願獻商於之地六百里。」楚懷王貪而信張儀，遂絕齊。使使如秦受地，張儀詐之曰：「儀與王約六里，不聞六百里。」楚使怒去，歸告懷王。懷王怒，大興師伐秦。秦發兵擊之，大破楚師於丹、淅，斬首八萬，虜楚將屈匄，遂取楚之漢中地。懷王乃悉發國中兵，以深入擊秦，戰於藍田。魏聞之，襲楚，至鄧，楚兵懼，自秦歸。而齊竟怒不救楚，楚大困。明年，秦割漢中地與楚以和，楚王曰：「不願得地，願得張儀而甘心焉。」張儀聞，乃曰：「以一儀而當漢中地，臣請往如楚。」如楚，又因厚幣用事者臣靳尚，而設詭辯於懷王之寵姬鄭袖，懷王竟聽鄭袖，復釋去張儀。是時屈平既疏，不復在位，使於齊，顧反諫懷王曰：「何不殺張儀？」懷王悔，追張儀，不及。其後諸侯共擊楚，大破之，殺其將唐昧。

時秦昭王與楚婚，欲與懷王會。懷王欲行，屈平曰：「秦，虎狼之國，不可信，不如無行。」懷王稚子子蘭勸王行，「奈何絕秦歡？」懷王卒行。入武關，秦伏兵絕其後，因留懷王以求割地，懷王怒，不聽。亡走趙，趙不內。復之秦，竟死於秦而歸葬。長子頃襄王立，以其弟子蘭爲令尹。

楚人既咎子蘭，以勸懷王入秦而不反也。屈平既嫉之，雖放流，睠顧楚國，繫心懷王，不忘欲反，冀幸君之一悟，俗之一改也；其存君興國，而欲反覆之，一篇之中，三致志焉；然終無可奈何，故不可以反，卒以此見懷王之終不悟也。……令尹子蘭聞之，大怒，卒使上官大夫短屈原於頃襄王。頃襄王怒而遷之。

屈原至於江濱，被髮行吟澤畔，顏色憔悴，形容枯槁。漁父見而問之曰：「子非三閭大夫歟？何故而至此？」屈原曰：「舉世混濁，而我獨清，衆人皆醉，而我獨醒，是以見放。」……乃作懷沙之賦。……於是懷石，遂自投汨羅以死。

屈原既死之後，楚有宋玉、唐勒、景差之徒者，皆好辭，而以賦見稱。然皆祖屈原之從容辭令，終莫敢直諫。其後楚日以削，數十年，竟爲秦所滅。……

太史公曰：余讀離騷、天問、招魂、哀郢，悲其志。適長沙，觀屈原所自沈淵，未嘗不垂涕，想見其爲人。……

這篇屈原傳敍事頗凌亂，大約因爲司馬遷常是貫串舊文以成篇，有時會有這缺點。並且史記中，也頗有後人所補入或增竄的地方。後人對屈原的事蹟，異說紛紛。我現在兼採游國恩陸侃如諸家之說，證之以離騷九章等篇中的敍述，並雜以己意，將屈原的事蹟簡略地寫在下邊，以作讀者的參考：

屈平字原，楚之同族。據離騷自敍，生于公元前三四三年。(寅年寅月寅日，卽楚宣王二十七年，周顯王二十六年。)壯年曾任左徒，頗爲楚懷王所信任。懷王十一年，蘇秦約從六國攻秦，懷王爲從長，這是屈原得意的時期。後來被讒，見疏去職，終竟放於漢北。懷王受張儀的欺騙，而有悔意，于是召回屈原，使於齊。懷王欲入秦，屈原諫懷王無行，不聽。懷王終于死於秦。令尹子蘭短屈原於頃襄王，屈原遂又被放逐於江南。這次放逐大約在襄王三年以後，時爲二月，因爲哀郢篇裏曾說：「方仲春而東遷。」他的放逐的路程，是由郢都(湖北江陵)出發，沿大江東行，至夏浦(卽夏口，今漢口)，下對陵陽(在安徽東南部)。復折回而南入洞庭，濟沅水，至辰陽，漵浦。屈原在江南的時間相當長久，最後又北行，到了長沙，投汨羅江(在今湖南湘陰縣北)而死。哀郢篇說「曾不知夏之爲丘兮，孰兩東門之可蕪」，與史記所載襄王二十一年秦拔郢都事相符，哀郢這篇蓋作於此時，而屈原可能死於作哀郢的明年——前二七七(?)(楚襄王二十二年)。屈原大約活了六十七歲。

在這兒有一點我跟游國恩蔣驥等的意見是不同的。游氏據蔣驥說，認爲屈原在襄王朝放於陵陽，羈留九年，才入辰漵。照這樣說，那麼屈原在陵陽的時間比在沅湘一帶的江南要長久，(在沅湘間只有一年，)但在屈原的作品中，僅於九章哀郢篇一次提到陵陽，(招魂裏雖也提到廬江，然招魂多幻設，且或以爲這兒所謂廬江非指出於陵陽的廬江，)而涉江懷沙惜往日三篇中提到沅湘以及沅湘一帶的地名(如辰陽漵浦等)卻有六次，這不能不令人覺得游說的可疑。(倘照戴震的解釋，哀郢「淩陽侯之氾濫兮」，「淩」作「陵」，「當陵陽」卽上文「陵陽侯」的省文，則「陵陽」根本不是地名。但戴說也嫌牽強，不可從。）況且哀郢篇只說：

「當陵陽之焉至兮，
淼南渡之焉如。」

「當」是「對」的意思，（戴震離騷音義：「當，對也，語之轉。」）其實屈原僅至夏浦、鄂渚，未到陵陽，上句不過是說，下對着陵陽，不知究竟要到那兒去。南渡，指南渡江南（沅湘之間）而言。蓋那時忽接命令，要他卽赴漵浦謫地，所以又從夏浦折回而南渡。哀郢和涉江兩篇的敍事是相銜接的，寫作的時間大約是相近的。哀郢詳寫初流放出郢都的情形，南渡只用「當陵陽之焉至兮，淼南渡之焉如」二句略敍一下，涉江則詳敍南渡情形及到達漵浦情景，（蔣驥說涉江作于自陵陽出發前，亦非是，）兩篇中多追敍往事，詳略不同。如懷沙的開篇說：

「滔滔孟夏兮，
草木莽莽。
傷懷永哀兮，
汨徂南土。」

也是回憶初到江南的情景。蓋屈原自仲春時節出郢都，初夏到了南方，時間是相符合的。凡這些事情，給他的印象最深刻，最痛苦，所以要大書而特書。我細讀九章哀郢涉江懷沙諸篇後，覺得游蔣二氏以爲屈原羈留陵陽達九年之說實不可靠。

也許有人會懷疑，屈原既是投水死的，年齡便不會有這麼大。其實這概念並不正確的，年老的人不一定不會自殺。而且屈原在涉江篇明明說過：

「余幼好此奇服兮，

年既老而不衰。」

按說文：「七十曰老。」又見禮記曲禮。涉江是屈原晚年的作品，和實在的年紀是相符的，那時屈原已靠近七十了，所以稱「老」。國破家亡的不幸使「年踰耳順」的人終於投水自殺。

還有他的名字，史記和離騷自敍是不同的。史記云，「屈原者名平，」離騷云，「名余曰正則兮，字余曰靈均。」洪興祖說，「正則以釋名平之義，靈均以釋字原之義。」戴震說，「正則者平之謂，靈均者原之謂。」王夫之說，「隱其名而取其義。」說法都頗相近。近人有以「化名」說來解釋，就更透徹了。

其次，說到屈原的作品。

漢書藝文志載屈原賦二十五篇，今所傳劉向輯王逸注的楚辭中，恰也有屈原的作品二十五篇，卽離騷、九歌（十一篇）、天問、九章（九篇）、遠遊、卜居、漁父。但其中有與史記不同的地方，卽司馬遷認爲屈原作的招魂，王逸卻認爲宋玉作。九歌九章遠遊卜居漁父等的名稱史記則未提及，只提到九章中的哀郢及懷沙兩篇，而屈原傳下面一段文字則和漁父篇大略相同。

王逸所根據的楚辭本子，與藝文志所著錄的當是一套，是司馬遷以後的人所纂集的（可能卽是劉向），所以和史記不同。我們現在論屈原的作品，可不必拘泥于二十五篇的篇數，因爲在這些流傳認爲屈原所作的作品中，實際是羼入一部分非屈原的作品，在班固那時恐怕早已混在一起了。現在分論於下：

一、離騷

離騷是屈原所作，決沒有問題。但它的寫作的時期，後人卻意見不一。大別可分二派：一派是說離騷作于懷王的時候，另一派是說作于襄王的時候。我最初也頗贊成後一派的說法，因爲相信「後來居上」，新說常可補正舊說的錯誤。但近來細讀離騷跟九章本文，意見卻正相反了。我認爲離騷當作于懷王朝被讒見疏放於外方的時候。其理由有下列三點：

㈠司馬遷屈原傳劉向新序班固離騷贊序王逸楚辭章句都以爲離騷作于懷王時候。他們的時代較早，所說或當有根據。但離騷的寫作究竟在被疏失位時呢？還是放於外方時呢？史記的敘事不大清楚，旣說：

「王怒而疏屈平。屈平疾王聽之不聰也，讒諂之蔽明也，邪曲之害公也，方正之不容也，故憂愁幽思而作離騷。」

下文又說：

「屈平既嫉之，雖放流，睠顧楚國，繫心懷王，不忘欲反，冀幸君之一悟，俗之一改也，其存君興國，而欲反覆之，一篇之中，三致志焉。」

上下文意思頗不一致。劉向的新序節士篇就很清楚：

「屈原者，名平，楚之同姓大夫，有博通之知，清潔之行，懷王用之。秦欲吞滅諸侯，幷兼天下，屈原爲楚東使於齊，以結強黨，秦國患之，使張儀之楚，貨楚貴臣上官大夫靳尚之屬，上及令尹子蘭，司馬子椒，內賂夫人鄭袖，共譖屈原，屈原遂放於外，乃作離騷。」

新序並不是全抄史記。據四庫全書總目提要說，「所載皆春秋戰國秦漢間事，大抵採百家傳記，以類相從，故頗與春秋內外傳、戰國策、太史公書互相出入。」新序敍事有和史記不同的，當有其他的資料作根據。並且司馬遷在別篇也曾提到兩次：

「屈原放逐，乃賦離騷。」(報任安書，見漢書司馬遷傳。)

「屈原放逐，著離騷。」(史記太史公自序)

這正可以說明司馬遷也是認爲屈原被疏見放後乃作離騷，屈原傳因敍述次序亂了一點，故易引人誤會。但這次放逐的地點並非江南。遷江南事在襄王時。在節士篇下面接着明白地敍到：

「張儀因使楚絕齊，許謝地六百里。懷王信左右之姦謀，聽張儀之邪說，遂絕強齊之大輔。楚既絕齊，而秦欺以六里，懷王大怒，舉兵伐秦，大戰者數，秦兵大敗楚師，斬首數萬級。秦使人願以漢中地謝，懷王不聽，願得張儀而甘心焉。張儀曰：『以一儀而易漢中地，何愛儀？』請行，遂至楚，楚囚之。上官大夫之屬共言之王，王歸之。是時懷王悔不用屈原之策，以至於此，於是復用屈原。屈原使齊還，聞張儀已去，大爲王言張儀之罪，懷王使人追之，不及。後秦嫁女于楚，與懷王歡，爲藍田之會。屈原以爲秦不可信，願勿會。羣臣皆以爲可會，懷王遂會，果見囚拘，客死於秦，爲天下笑。懷王子頃襄王亦知羣臣諂誤懷王，不察其罪，反聽羣讒之口，復放屈原。屈原……遂自投湘水汨羅之中而死。」

劉向只說屈原在懷王朝「放於外」，未言地點，據林雲銘蔣驥方晞原的意見，都認爲在漢北，因爲九章抽思篇說：

「有鳥自南兮，
來集漢北。」

鳥蓋自喻，漢北是楚國的北境。所以下文又說：

「望南山而流涕兮。」

「南指月與列星。」

「狂顧南行。」

林雲銘在抽思篇末說：

「今讀是篇，明明道出漢北不能南歸一大段，則當年懷王之遷原於遠，疑在此地，比前尤加疏耳。但未嘗羈其身如頃襄之放於江南也。故在江南時不陳詞，在漢北時陳詞。哀郢篇言棄逐，是篇不言棄逐，蓋可知矣。」

王夫之所謂「引身自退於漢北」，蔣驥所謂「謫宦於斯」，「置之閑地」，意思都跟林氏相近。

(二)屈原在懷王朝初被讒見放後，情感最憤激，且未絕望，在這時期不應沒有長篇的作品，以感悟懷王。史記所謂「冀幸君之一悟，俗之一改也，其存君興國，而欲反覆之，一篇之中，三致志焉」，正是作離騷的本意。並且離騷中常用隱喻來指責當時的權貴。王逸以爲「余以蘭爲可恃兮」句中，「蘭」隱指子蘭，「椒專佞以慢慆兮」句中，「椒」隱指子椒，都是很確切的。子蘭所以痛恨屈原，「親齊」「連秦」固然是政治上的對敵，而爲楚人所傳誦的離騷也是主因之一，不然後來子蘭也許不至於叫上官大夫在頃襄王面前攻擊屈原，將他放逐於江南。這情形在史記本傳中是敍述得很清楚的。再從離騷本身來看，屈原雖然遠逝自疏，憂思不解，國無人知，後遂有「從彭咸」之志，而固有待，態度不如九章懷沙惜往日等篇的堅決。

(三)游國恩是主張離騷作于襄王朝放逐江南時的。但他所持的理由並不可靠。他所擧的離騷作于放逐在外的幾點證據，和我的意見並不衝突。我也是主張屈原放於外，才作離騷，只是年代在懷王時，地點在漢北，和游氏不同。所以游氏所持的一部分證據，在這裏是不必反駁的。現只引較主要的二項，加以申駁。

a.游氏因篇中有江南的地名，遂以爲這是離騷作于放逐江南之一證：

「『濟沅湘以南征兮，就重華而敶詞。』這明明是放在沅湘，所以聯想到大舜。又如

『朝發軔於蒼梧兮，夕余至乎縣圃。』這又是因爲大舜而聯想到蒼梧。」

但據游氏的楚辭概論第三篇第一章：「那時頃襄王立已三年，（前二九六，）以子蘭爲令尹。屈原恨子蘭勸王入秦，子蘭大怒，使上官大夫譖他，頃襄王遂又放逐他到江南去了。離騷及思美人大約就是那時候作的。」下附屈原年表云：頃襄王三年，屈原嫉子蘭勸王入秦，子蘭使上官大夫短屈原。頃襄王怒而遷之。二月，沿江東行。作離騷及思美人。又讀騷論微修正過的屈原年表云：頃襄王十三年，屈原再放於陵陽。襄王廿一年，作哀郢。次年自陵陽西南行，泝江入湖，上沅水而達辰溆。沒有寫明離騷作于何年。游氏既認爲哀郢作于陵陽，則離騷在哀郢前，也當作于陵陽，或在「沿江東行」的途中，而非作于江南的沅湘之間了。這裏游氏不能「自圓其說」。其實楚辭中的地名，好多是設想的，不一定親到其地，游氏在思美人篇下也說過：「『指嶓冢之西隈』一句與悲回風的憑崑崙，隱岷山，同爲理想而非事實。」因爲要向大舜陳詞，所以提到沅湘。據王逸注，舜葬九疑山，在楚邊境，楚地民間必有關于大舜的傳說，所以屈原會提到舜。

b. 游氏以爲篇中的「靈脩」是懷王，「哲王」是指頃襄王。作離騷時，懷王大概已死，所以稱「靈脩」，猶言「先帝」「先王」。而頃襄王當位，故稱「哲王」，猶言「今上」「聖上」。按此說雖甚巧，但細思其理由也並不充分。「靈脩」和「美人」「荃」一樣，蓋都是「託詞以寓意於君」。「哲王」係對君王的尊稱，猶唐人尊稱天子爲「聖人」。

總之，離騷的寫作時期，當從新序所述，在懷王朝放於外時。這與史記本傳也無大抵觸處。

而且劉向既追念屈原，自作九歎，又哀集屈原宋玉等作品，加以自己的九歎，爲楚辭十六卷（據王逸說），平時蒐集有關屈原的資料必甚勤，其訂正史記的地方亦必有根據，其態度較司馬遷爲愼密，是無足懷疑的。至於據抽思篇斷定屈原于懷王朝所放的地點在漢北，也是很可能的。

二、九歌

王逸說九歌是屈原所作，近代頗有人不贊成此說。胡適說是當時湘江民族的宗教舞歌，陸侃如說是民間祭歌。大約是屈原所寫定的楚地民間祭神歌。九歌有十一篇，近人有以爲第一篇東皇太一是迎神曲，末篇禮魂是送神曲，其中九篇祀九神，是以東皇太一的從屬資格來受享。這種說法是比較對的。最初民間的祭神歌或許只有九闋，故名「九歌」，後來首尾增了迎神送神二曲，也還叫做「九歌」。

三、天問

天問是屈原作的。雖然胡適曾懷疑它是「後人雜湊起來的」，但已爲陸侃如諸家所推翻，因爲胡說本無有力的根據。天問保存了許多古代的神話傳說，可惜到現在有些部分還不得其解。作天問的時期，朱熹說是在屈原初放時（楚辭辯證下）。可能作於放漢北時。

四、九章

九章的名稱是後人所加的，朱熹說不是一時所作是很對的。今本九章的次序是：㈠惜誦，㈡涉江，㈢哀郢，㈣抽思，㈤懷沙，㈥思美人，㈦惜往日，㈧橘頌，㈨悲回風。但各篇的次第，後人的意見頗有不同。這九篇既是後人所輯成，其先後次序自然不無顚倒。我以爲橘頌或是屈原的早期作品，通篇以四言爲主，技術亦較未成熟，且篇中有「幼志」及「年歲雖少」等語，故疑是屈原少作。惜誦作于被疏失位後，抽思當作于放漢北時。其餘思美人等六篇均作于江南。不過在屈原的作品中，特多追敍往日情事，讀者宜細心分別，才不致誤會。哀郢作于襄王廿一年，涉江是接着哀郢寫的。懷沙惜往日作於死前。各篇多追憶舊事，如放逐出郢都的月日，初到江南的時令。細味「至今九年而不復」等類的句子就可以知道。

五、遠遊、卜居、漁父

這三篇恐怕都不是屈原作的。遠遊擬襲離騷的詞句甚多。游國恩在楚辭概論裏疑爲僞託，但在後來的著作「屈原」裏卻修正這意見，斷爲屈原所作。其實這篇東西摹倣的痕迹是很明顯的，游氏修正的見解，依我看是不及以前的主張。卜居漁父首句皆云「屈原既放」，顯然是旁人的記載。這兩篇雖非屈原所作，但技巧卻發展了，進步了，用問答體裁，句法趨於散文化。這些作品產生於屈原之後是比較合理。以上三篇可能是景差唐勒宋玉之徒所作。

六、招魂

據史記本傳，招魂是屈原作的，但王逸卻說是宋玉所作。王逸不知有何根據，司馬遷在王逸之前，所知道的當比較可靠。或因標題既然是「招魂」，當然是招他人的魂，故遂斷爲宋玉作。

這理由是不可靠的。朱熹說，「荆楚之俗，乃或以是（招魂）施之生人。」（如杜甫詩云：「煖湯濯我足，剪紙招我魂。」蓋是道路勞苦之餘，爲此禮一祓除而慰安之。）故林雲銘遂認爲屈原自招（見楚辭燈），這說法較可從。卒章有「魂兮歸來哀江南」句，當亦作於放逐江南時。

茲將屈原的作品分爲三個時期，列於下面：

第一期

九歌　是屈原所寫定的楚地民間祭神歌。

橘頌　早期作品。

第二期

惜誦　被疏失位後作。

離騷　放於漢北時作。

抽思

天問

第三期

思美人　以下各篇都是襄王三年以後流放江南時所作。

悲回風

招魂

哀郢　　襄王廿一年作。

涉江

懷沙　死前不久作。

惜往日　絕命詞。

第一期在懷王朝被疏以前。據游國恩屈原年表，屈原在懷王十三年（前三一六）被讒見疏，那時他是二十八歲。

第二期是被疏後至放逐江南以前。這時期有一段時間是放於漢北。

第三期是襄王三年以後放於江南至投汨羅而死。襄王三年（前二九六）屈原是四十八歲。

我這本「淺釋」，是要竭力做到「深入淺出」：既要淺明，而又不犯空疏的毛病。朱熹所註的書較能流行，是因爲簡潔明白，我以爲這一點在現代是很需要的。本篇解釋大抵採摭諸家之說，間亦參以己意，而融會貫通之。又於每段下面，附有語體譯述，跟註釋比較起來，則有平易淺近首尾連貫的長處。

本書末附「參考書舉要」，讀者如欲作進一步的研究，可翻檢各書。

離騷

離騷，屈原作。司馬遷云：「離騷者，猶離憂也。」（史記屈原傳）班固云：「離，猶遭也，騷，憂也，明己遭憂作辭也。」（離騷贊序）戴震云：「離騷，即牢愁也，蓋古語。揚雄有畔牢愁，離、牢一聲之轉，今人猶言牢騷。」（屈原賦注初稿）國語楚語上：「伍舉曰：德義不行，則邇者騷離，而遠者距違。」韋昭注：「騷，愁也。」王應麟云：「伍舉所謂騷離，屈平所謂離騷，皆楚言也。」（困學紀聞卷六）按離騷即伍舉所謂騷離，揚雄所謂牢愁，今人常語所謂牢騷。

離騷是屈原一篇自敍和託諷的傑作，應用民間的神話傳說，歷史事實，以抒情詠懷，暴露楚王以及羣小的罪行。篇中多引類譬諭，以美人、香草、瓊佩等比賢君、賢人、道德、仁義，以惡鳥、惡草、雲霓等比羣小、讒佞、惡行。司馬遷批評離騷說：

「夫天者，人之始也；父母者，人之本也。人窮則反本，故勞苦倦極，未嘗不呼天也，疾痛慘怛，未嘗不呼父母也。屈平正道直行，竭忠盡智，以事其君，讒人間之，可謂窮矣，信而見疑，忠而被謗，能無怨乎！屈平之作離騷，蓋自怨生也。國風好色而不淫，小雅怨誹而不亂，若離騷者，可謂兼之矣。上稱帝嚳，下道齊桓，中述湯、武，以刺世事，明道德之廣崇，治亂之條貫，靡不畢見。其文約，其辭微，其志潔，其行廉，其稱文小，而其指極大，舉類邇而見義遠。其志潔，故其稱物芳，其行廉，故死而不容自疏。濯淖汙泥之中，蟬蛻於濁穢，以浮游塵埃之外，不獲世之滋垢，皭然泥而不滓者也。推此志也，雖與日月爭光可也！」

或以爲「國風好色而不淫」一節係劉安離騷傳中語，司馬遷採取以入屈原傳。至於作離騷的時期，諸家意見不一。司馬遷報任安書說：「屈原放逐，乃賦離騷。」劉向新序節士篇說：「屈原遂放於外，乃作離騷。」下文又說，「懷王悔不用屈原之策。」那麼離騷當是屈原在懷王朝被讒見疏放於漢北時所作。說詳「導言」中。

帝高陽之苗裔兮，朕皇考曰伯庸。攝提貞于孟陬兮，惟庚寅吾以降。

高陽：顓頊有天下的稱號。顓頊的後代，有熊繹者，事周成王，封爲楚子，居於丹陽，傳國至熊通，始僭稱王，徙都於郢，這便是楚武王。武王子瑕，受屈爲卿，因以爲氏。苗裔：

猶後代。朱熹云：「苗者，草之莖葉，根所生也。裔者，衣裾之末，衣之餘也。故以為遠末子孫之稱也。」史記屈原傳：「屈原者，名平，楚之同姓也。」兮：歌之餘聲。朕：我。直飲切（ㄓㄣˋ）。古時上下都可稱朕，至秦以後，惟獨天子稱朕。皇：美。父死稱考。禮記曲禮：「父曰皇考。」伯庸：原父字。太歲在寅叫做攝提格。（亦通稱「攝提」。）貞：正，當。孟：始。陬：正月。子侯切（ㄗㄡ）。「攝提貞于孟陬」，是說攝提之年，當孟春正月。庚寅：庚寅之日。干支相配，古但以紀日。根據這兩句，知道屈原蓋生於楚宣王二十七年正月庚寅日。（寅年寅月寅日，即周顯王二十六年，前三四三。）

降：下。

降，古音洪。

【譯述】我是古帝高陽氏的後代，先父的號叫做伯庸。太歲在寅的那一年正月，庚寅那一天是我的生日。

皇覽揆余初度兮，肇錫余以嘉名：名余曰正則兮，字余曰靈均。

「覽」一作「鑒」。「余」下一本有「于」字。

皇：即上節「皇考」的省文。覽：觀。揆：度。肇：始。錫：賜。嘉：善。

「皇覽揆余」二句是說：父伯庸觀我初生年時，揆度日月，皆合天地之正中，始賜我美善的名字。顏氏家訓風操篇：「古者名以正體，字以表德。」蔣驥云：「古者名以德命，字以表德。」洪興祖云：「正則以釋名平之義，靈均以釋字原之義。」王夫之云：「隱其名而取其義以屬辭，賦體然也。」戴震云：「靈，善也。正則者『平』之謂，靈均者『原』之謂。」諸說意近。近人有以爲正則和靈均是屈原的化名，這是頗清楚而確切的解釋。文學作品慣用化名是古今中外的通例，屈原在我們中國要算是最先用化名的吧。

名，讀如民。

【譯述】先父看我在這樣的好日子出世，於是賜給我很好的名字。替我取名兒叫做正則，替我取別號叫做靈均。

紛吾既有此內美兮，又重之以脩能：扈江離與辟芷兮，紉秋蘭以爲佩。

朱熹校：「能」一作「態」。「離」亦作「蘺」。

紛：盛貌。重：再，加。直用切。脩能：脩治之能。內美天工，脩能人力。「扈江離」以下，皆喻脩能之實。蔣驥云：「篇中言脩，皆本於此。」一說：能、態古字通，能字是態字的省略。（懷沙「非俊疑傑兮，固庸態也。」論衡累害篇引作能。）招魂：「姱容修態，」義與此同。扈：被。音戶。楚人名被爲扈。江離：香草，說文云即蘼蕪。辟：幽。音僻。芷：白芷，香草，生於幽僻的地方。紉：猶貫。而陳切，又女陳切。（ㄖㄣ）方言：「續，楚謂之紉。」蘭：亦香草，至秋乃芳。佩：繫於衣帶的飾物。

能，古音奴異切。（態，古音他計切。）

【譯述】我既然有了這些天生的內部美質，又加上人工的打扮：披帶着蘼蕪和生於幽僻地方的白芷，串結着秋蘭做成佩飾。

汩余若將不及兮，恐年歲之不吾與。朝搴阰之木蘭兮，夕攬洲之宿莽。

「攬」一作「擥」，一作「掔」。「洲」一作「中洲」。

汩：方言：「疾行也。南楚之外曰汩。」于筆切（ㄩˋ）。恐年歲之不吾與：恐年歲不待我而過去了。恐，匾用切，去聲。下並同。　搴：拔取，南楚語。音蹇（ㄐㄧㄢˇ）。搴，王逸解作取。　阰：王逸云：「山名。」音琵。戴云：「大阜曰阰。」　木蘭：皮似桂而香。攬：採。音覽。　水中可居者曰洲。　草冬生不死者，楚人名曰宿莽。　木蘭在春天開花，宿莽是冬天的青草，故知詩人係以朝夕喻歲時。又下文「朝飲木蘭之墜露兮，夕餐秋菊之落英」，亦同此例。

莽，古音莫補切。

【譯述】我匆匆地好像要來不及一般，只怕年光不等待我而過去了。清早我拗來土山上的木蘭，傍晚又採取洲渚中的宿莽。

日月忽其不淹兮，春與秋其代序。惟草木之零落兮，恐美人之遲暮。

「忽」一作「曶」。

淹：久。 代：更。 序：次。 零落：都是「墜」的意思。草曰零，木曰落。 美人：王逸、洪興祖、朱熹均以爲喻君。

【譯述】日子飛快地過去沒法留住，春天和秋天更迭而來。草木都會蕭條凋落，恐怕美人也會衰老。

不撫壯而棄穢兮，何不改此度？乘騏驥以馳騁兮，來吾道夫先路！

文選無「不」字。「改」下一本有「乎」字。「度」「路」二字下一本均有「也」字。「乘」文選作「策」。「馳」一作「駝」。「道」一作「導」。

撫：持。撫壯：持盛壯之年。禮記曲禮：「三十曰壯。」 草荒曰穢，以比惡行。 棄穢：棄去惡行。 改此度：王云：「改此惑誤之度。」 騏驥：駿馬。以比賢智。這二句是說：倘若君能任用賢人，我得申展，則我當爲君前導，以入聖王之道路。 夫音扶，篇內除末章「僕夫」外餘並同。

【譯述】你不趁壯年時候除去荒草般的惡行，你爲甚麼不改變這作風呢？你要是駕着駿馬正想奔馳，來吧，我在前面替你帶路。

昔三后之純粹兮，固衆芳之所在；雜申椒與菌桂兮，豈維紉夫蕙茝？

后：君。三后：禹、湯、文王。　至美曰純，齊同曰粹。　衆芳：喻羣賢。　雜：是「非一」的意思。言雜用衆賢，以致於治。　申：或地名，或其美名。沈德鴻以爲申，山名；山海經西山經有申山。　椒、菌桂：皆香木。菌音窘（ㄐㄩㄣˋ），或从竹。「維」「惟」「唯」古均通用。　蕙：卽零陵香。　茝：卽白芷。昌改切（ㄔㄞˇ）。

在，古音且禮切。茝，古音齒。

【譯述】從前三王所以有完備的美德，就因爲那時是羣賢所聚會的緣故。申椒和菌桂都可以雜佩着，那裏只限於串結着蕙草和白芷？

彼堯舜之耿介兮，旣遵道而得路。何桀紂之猖披兮，夫唯捷徑以窘步！

「猖」一作「昌」。「披」一作「被」。

耿：光。介：大。　遵：循。　猖披：衣不帶之貌。是說桀紂的邪亂，若披衣不帶者。

捷：疾。徑：小路，邪道。　窘步：所行蹙迫。

【譯述】那堯和舜眞是光明偉大，他們已經找到了平坦的大路。桀和紂怎麼那樣邪亂呀，愛走斜近的小路所以步行艱苦。

惟夫黨人之偷樂兮，路幽昧以險隘。豈余身之憚殃兮，恐皇輿之敗績。

「惟」字下一無「夫」字。

黨：朋。黨人：指羣小。蔣驥云：「黨人謂靳尚、上官、子蘭、鄭袖之屬。」(山帶閣註楚辭) 偷：苟且。幽昧：不明。險謂臨危，隘謂履狹。隘，於懈切(ㄞˋ)。 憚：畏難，畏懼。音但。殃：災咎。皇輿：君車。績：功。大崩曰敗績。

隘，古音益。

【譯述】結黨的小人們一味貪圖安樂，道路是幽暗而且險狹。那裏怕自身遭受災殃？我擔心君王的車子傾覆毀滅啊。

忽奔走以先後兮，及前王之踵武。荃不察余之中情兮，反信讒而齌怒。

「忽」一作「急」。「察」一作「揆」。「齌」一作「齊」。

忽：疾貌。踵：足跟。武：跡。荃：香草，以喻君。音詮(ㄑㄩㄢˊ)，又音孫，字亦作蓀。 說文：「齌，炊餔疾也。」音劑。齌怒：疾怒。

【譯述】我急急忙忙地前後奔走着，要順着先王的脚印兒追趕上去。荃草不明白我的眞情，反而相信讒言對我大發脾氣。

〔第一段〕凡十節。自敍平生大略，而終於君之信讒。後四段，乃反復推明之。

余固知謇謇之爲患兮，忍而不能舍也。指九天以爲正兮，夫唯靈脩之故也。

謇謇：忠貞貌。音蹇。　舍：止。　九天：九重天。天問：「圜則九重，孰營度之？」正：平。　靈：神。脩：遠。能神明遠見者君德，故以喻君。　一說：靈脩：謂以善行而修治者，喻君之詞。

舍，古音舒呂切。

【譯述】我固然知道忠誠直諫會碰釘子，可是要忍耐着而沒法制止。我指着九重的青天請替我作證，只因爲我要盡忠於君王的緣故啊。

〔曰黃昏以爲期兮，羌中道而改路。〕

洪補注：「一本有此二句，王逸無注，至下文『羌內恕己以量人』，始釋羌義，疑此二句後人所增耳。九章（抽思）曰：『昔君與我誠言兮，曰黃昏以爲期，羌中道而回畔兮，反既有此他志』，與此語同。」按這裏「武」「怒」「舍」「故」「路」五字相叶，於離騷叶韻通以二進之例不合，當是衍文。唐寫本和今本文選並無這兩句。

初既與余成言兮，後悔遁而有他。余既不難夫離別兮，傷靈脩之數化。

「遁」一作「遯」。「他」一作「佗」。

成言：成其要約之言。遁：移，遷。有他：謂有他志。數：屢。音朔。數化：變易無常。

他，古音通何切。化，古音呼戈切。

【譯述】當初你曾經和我約好，不料後來你又生了別的心思。我不是和你離別感到難堪，只可惜你的意志變化不定。

余既滋蘭之九畹兮，又樹蕙之百畝；畦留夷與揭車兮，雜杜衡與芳芷。

「揭」一作「藒」。「衡」一作「蘅」。

滋：蒔。畹：三十畝。音宛。樹：種。五十畝爲畦。音攜。一說：畦，隴種。留夷：香草，卽辛夷，或云卽芍藥。揭車：亦香草，黃葉白花。揭，丘謁切（ㄑㄧㄝˋ）。杜衡：香草，葉似葵，形如馬蹄，俗叫馬蹄香。

畝，古音美綺切。

【譯述】我已經栽了蘭草九頃，又種了蕙草一百畝；我種了留夷和藒車五十畝，更夾雜着杜蘅和白芷。

冀枝葉之峻茂兮，願竢時乎吾將刈。雖萎絕其亦何傷兮，哀衆芳之蕪穢。

峻：長。竢：待。音俟。刈：穫。魚肺切（ㄧˋ）。萎：草木枯死。於規切（ㄨㄟ）。
萎絕：枯落，黃落。蕪：荒。穢：惡。

【譯述】我希望它們的枝葉茂盛起來，時候到了我將要收割。我種的香草雖然枯落何必傷心，使我哀痛的是羣芳都要荒蕪。

衆皆競進以貪婪兮，憑不猒乎求索；羌內恕己以量人兮，各興心而嫉妒。

「以」一作「而」。「憑」一作「馮」。「猒」一作「厭」。
並逐曰競。愛財曰貪，愛食曰婪。婪，盧含切（ㄌㄢˊ）。憑：滿。楚人名滿曰憑。猒（厭）：飽，足。索：求。羌：楚人語詞。去羊切（ㄑㄧㄤ）。恕：王云：「以心揆心爲恕」。一切經音義：「以心度物曰恕。」賈子道術篇：「以己量人謂之恕。」說文長箋：「如心爲恕，會意。」都是「推己及人」的意思。量：度。音良。義與「恕」字相應。（恕字亦可引伸作「寬恕」解，然這裏與「量」字義不相應。）這是說：小人推己之心以量度他人，謂和己相同。如譯作「大家都寬恕着自己而猜忌別人」，未爲確切。興：生。害賢爲嫉，害色爲妒。這句是說小人們各生嫉妒之心。

索，古音素。

【譯述】大家都在競逐着財利，雖然富有，還是不知滿足地追求；照自己的想法去推測別人，所以會生妒忌的心思。

忽馳騖以追逐兮，非余心之所急。老冉冉其將至兮，恐脩名之不立。

騖：亂馳。音務。　冉冉：漸漸。　脩名：脩潔之名。脩與修同。

【譯述】大家都在狂奔着，爭權奪利，對於這些我一點兒也不熱心。我怕自己會漸漸地老了，正直廉潔的名聲還不能夠建立。

朝飲木蘭之墜露兮，夕餐秋菊之落英。苟余情其信姱以練要兮，長顑頷亦何傷！

「餐」一作「湌」。

飲：啜。　餐：吞。　墜：墮。　英：花。　洪興祖云：「秋花無自落者。」舊傳王安石詩，有「殘菊飄零滿地金」句，爲歐陽修所譏。然史志道菊譜序又云：「菊自有落不落二種。」「落」字與上句「墜」字相應，林雲銘云：「曰墜曰落，皆已棄之餘芳。」蓋含有「人棄我取」的意思。洪解爲「我落其實」之落，或訓落爲始，均不如林說。　苟：誠。　信姱：猶實好。姱，苦瓜切（ㄎㄨㄚ）。　練要：精練要約。　顑頷：食不飽面黃貌。音坎菡。

英，古音央。

【譯述】早晨我啜着木蘭上的墜露，傍晚我呑着秋菊的落花。要是我的內情實在美好而且精練，就一輩子面黃肌瘦又有什麼關係！

擥木根以結茝兮，貫薜荔之落蘂。矯菌桂以紉蕙兮，索胡繩之纚纚。

「擥」一作「掔」。

擥：持。音覽。薜荔：香草。薜，蒲計切（ㄅㄧˋ），荔，郎計切（ㄌㄧˋ）。蘂，花心。如壘切（ㄖㄨㄟˇ）。矯：直。 說文：「索，草有莖葉，可作繩索。」 胡繩：香草，蔓生布地。一名結縷。 纚纚：索好貌。纚，所綺切（ㄕˇ）。

【譯述】我拿着木根將白芷結上，又串貫了掉下來的薜荔的花心。我把菌桂弄直，縛以蕙草，還把結縷草紐成美好的索子。

謇吾法夫前脩兮，非世俗之所服。雖不周於今之人兮，願依彭咸之遺則。

謇：發語詞。 前脩：前代修德之人（前賢）。服：行，用。 周：合。 彭咸：殷賢大夫，諫其君不聽，自投水而死。 遺：餘。則：法。

服，古音匐。

【譯述】我要效法上代的賢人，這不是世俗人們所愛做的。雖然明知不合于現世的人們，我還是願意依從彭咸的遺法。

〔第二段〕凡九節。中言被讒之故，而因自明其志如此。

長太息以掩涕兮，哀民生之多艱。余雖好脩姱以鞿羈兮，謇朝誶而夕替。

掩涕：猶拭淚。 艱：難。 脩姱：修潔而美好。 鞿羈：以馬自喻。鞿，居依切(ㄐㄧ)。羈，居宜切(ㄐㄧ)。韁在口曰鞿，革絡頭曰羈。言自繩束，不致放縱。 誶：諫。音邃(ㄙㄨㄟˋ)。 替：廢。(本作暜。)

艱，讀如姬，蓋方音。

【譯述】我長歎息着，拭着眼淚，哀痛人民的生活是萬分地艱難。我雖然頂愛清潔，約束着自己，可是早上直諫傍晚就遭了廢棄。

既替余以蕙纕兮，又申之以攬茝。亦余心之所善兮，雖九死其猶未悔！

纕：佩帶。音襄。是說我既因佩蕙而遭廢棄。 申：重，再。是說又再採白芷以自芳。

「以攬」一無「以」字。

「余心之所善」，是說我心中之所美善。 九：數之極。「雖九死其猶未悔」，意思是雖九死無一生，未足悔恨。

【譯述】我已經因爲佩帶蕙草而遭廢棄，還要採擷白芷使自己更加芳香。只要我心裏認定是好的，就是九死沒有一生也不懊悔。

怨靈脩之浩蕩兮，終不察夫民心。衆女嫉余之蛾眉兮，謠諑謂余以善淫。

「蛾」一作「娥」。

浩蕩：無思慮貌。是說怨君用心浩蕩，沒有思慮。衆女：喻衆讒臣。蛾眉：眉之美好者，喻美好的才能。王云：「蛾，眉好貌。」謠：謠言。諑：訴，譖。音卓。方言：「諑，愬（訴）也，楚以南謂之諑。」善淫：猶好淫。

【譯述】只怨恨君王的心思太散漫，你終竟不肯辨察民心。你旁邊的侍女們妒忌我的蛾眉，造了謠言說我生性淫蕩。

固時俗之工巧兮，偭規矩而改錯。背繩墨以追曲兮，競周容以爲度。

偭：背。音面。圓曰規，方曰矩。錯：置。音措。「固時俗」二句是說：今時工巧之人，背違規矩，任意改置。繩墨：引繩彈墨以取直者，卽今之墨斗繩。追：猶隨。這句是說捨直而隨曲。周：合。度：法。這句是說：爭以苟合於世求取容媚爲常法。

【譯述】現在的習俗多善於取巧，不遵守規矩而任意改變。違背了繩尺卻愛歪曲，大家所採的手段是妥協，巴結。

忳鬱邑余侘傺兮，吾獨窮困乎此時也。寧溘死以流亡兮，余不忍爲此態也。

「邑」一作「悒」。「以」一作「而」。一本無二「也」字。

忳：悶。音屯。　鬱邑：憂貌。　侘傺：失志貌。侘，丑加切（ㄔㄚˋ）。傺，丑利切（ㄔˋ）。溘：奄忽。渴合切（ㄎㄜˋ）。這句是說，寧願奄忽而死，形骸流亡。　此態：指苟合邪佞之態。

態，古音他計切。

【譯述】我感到異樣鬱悶，惆悵，在這時世我單獨地沒有出路。我寧可忽然死掉，讓形骸消散，決不忍做出這種醜態啊。

鷙鳥之不羣兮，自前世而固然。何方圜之能周兮？夫孰異道而相安？

「周」一作「同」。

鷙鳥：鳥類之猛者，如鷹鸇之屬。鷙音至。　不羣：不和凡鳥同羣。　「自前世而固然」，這句是說：自前代本是如此，非獨於今。　圜：同圓。　孰：猶何。（經傳釋詞）這句是說：

忠佞異道，怎麼能相安呢？

【譯述】鷙鳥不跟凡鳥同羣，自從前代以來就是這樣。方和圓怎麼能夠相合呢？忠和奸怎麼能夠相安呢？

屈心而抑志兮，忍尤而攘詬；伏清白以死直兮，固前聖之所厚。

「詬」一作「詢」。

屈心：委屈己心。抑志：按抑己志。尤：責過。忍尤：忍受譴責。攘：除。而羊切(ㄖㄤˊ)。詬：恥。古厚切，又古豆切(ㄍㄡˋ)，又呼漏切。攘詬：遣去恥辱。下二句是說：伏藏清白而死於直道，本是前代聖人之所厚重。

【譯述】我委屈自己的心，按抑自己的志，忍受譴責，撇開恥辱；清清白白地爲了直道而死，本是前代的聖人所敬重的。

〔第三段〕凡七節。言君信讒之故，而己終不隨流俗，以申前意也。

悔相道之不察兮，延佇乎吾將反；回朕車以復路兮，及行迷之未遠。

「回」一作「迴」。

相：視。息亮切，去聲。察：明審。是說追悔前日相視道路未能明察。延：長；引頸。

佇：久立。反：同返。復：返。音伏。末句是說：迷途未遠，尚來得及覺悟而回轉。

【譯述】我懊悔以前沒有把路子看清楚，我伸長脖子站着，將要回轉去；旋轉我的車返歸原路吧，趁着迷途還未遠的時候。

步余馬於蘭皐兮，馳椒丘且焉止息。進不入以離尤兮，退將復脩吾初服。

一本無「復」字。

步：徐行。澤曲曰皐（皋），其中有蘭草，所以叫做蘭皐。丘上有椒，所以叫做椒丘。焉：語助，尤虔切。（洪補注）離，遭。是說進不見納而遭受過患。末句是說：退去將復脩我初始清潔之服。

【譯述】讓我的馬在長蘭草的水邊遛着，在長香椒的土山上馳驅，暫且休息。我不想上前老碰釘子，要退去再修我從前清潔的服飾。

製芰荷以爲衣兮，雧芙蓉以爲裳。不吾知其亦已兮，苟余情其信芳。

這裏是說裁製芳潔退隱之服，即上節「脩吾初服」的意思。芰：菱。奇寄切（ㄐㄧˋ）。雧：古集字。荷：蓮葉。芙蓉：蓮花。上曰衣，下曰裳。下二句因押韻倒置。

【譯述】我把菱荷的葉子製成上衣，又把荷花集綴成下裳。只要我的內情是眞正地芳潔，不知道我也就罷了。

高余冠之岌岌兮，長余佩之陸離；芳與澤其雜糅兮，唯昭質其猶未虧。

高余冠：使我的冠加高。岌岌：高貌。岌，魚及切（ㄐㄧˊ）。長余佩：使我的佩加長。陸離：分散美好之貌。一云：長貌。（王念孫說）芳：香。澤：光潤。糅：亦是「雜」的意思。女救切（ㄋㄧㄡˋ）。又忍九切（ㄖㄡˇ）。昭：明。虧：損，歇。是說自己雖不得用，唯獨明潔之質還未虧損。

離，古音羅。虧，古音去戈切。

【譯述】增高我的帽子使它巍然聳立，加長我的佩帶使它分散美觀。芳香和光澤糅合着，只這明潔的本質還未虧損。

忽反顧以遊目兮，將往觀乎四荒。佩繽紛其繁飾兮，芳菲菲其彌章。

「遊」一作「游」。

遊目：猶流觀。荒：遠。四荒：四方絕遠之處。繽紛：盛貌。繽，匹賓切（ㄅㄧㄣ）。菲菲：芳香貌。這二句是說：自己雖欲往觀四荒，還是佩飾衆盛，芳香越加彰顯。

【譯述】忽然我回過頭來眺望一下，我將要到極遠的四方去觀覽。我的佩飾還是繽紛繁盛，芳香菲菲越發彰顯。

民生各有所樂兮，余獨好脩以爲常；雖體解吾猶未變兮，豈余心之可懲？

樂：依洪補注和朱注讀魚敎切（一幺ˋ），作「欲」「好」解。是說人生各有所好。（戴震屈原賦音義：「樂音洛」。） 好脩：好，去聲。是說我獨愛好修潔，以爲常行。 體解：謂被刑支解，即剖解其肢體。 懲：是說懲戒之使畏懼。懲，讀如長，蓋方音。

【譯述】人生是各有所好呀，我卻獨自愛好修潔成了習慣。雖然把我肢解了還不能改變，我的心難道因受懲戒就要害怕？

〔第四段〕凡六節。設爲退隱之計，言事君雖不得，而好脩必不可變。亦以申前意。

女嬃之嬋媛兮，申申其詈予，曰：「鮌婞直以亡身兮，終然殀乎羽之野。

「嬋媛」一作「撣援」。「詈」一作「罵」。「殀」一作「夭」。「羽」字下一本有「山」字。女嬃：王云：「屈原姊也。」說文：「嬃，女字也。……賈侍中說，楚人謂姊爲嬃。」嬃音須。 沈德鴻云：「嬃同須，女須猶女侍，又曰須女。史記天官：『婺女』，正義：『須女四星，亦婺女，天少府也。……須女，賤妾之稱，婦職之卑者。』故知女嬃乃屈原女侍也。」(楚辭選讀) 嬋媛：眷戀牽持之意。音蟬爰。申申：戴云：「詳復也。」(音義) 按猶丁寧的意思。詈：責罵。音荔。女嬃諫屈原，自屈原的口氣說來，故云「詈予」。鮌：亦作鯀，音袞（ㄍㄨㄣˇ）。堯臣，夏禹的父親。婞：很。下頂切（ㄒㄧㄥˋ）。婞直：很戾剛直。殀：歿。音夭。史記夏本紀：「用鯀治水九年，而水不息，……乃殛鯀於羽山以死。」羽山，在山東蓬萊縣東南。鯀遷羽山事見天問。予，上聲。取予的予，借為予我的予，古都讀上聲，後來予我的予，轉入平聲。野，古音與。

【譯述】阿姊牽戀地關心着我，她再三責罵我，說：「鮌的脾氣太剛直執拗了，終歸死於羽山下面。

「汝何博謇而好脩兮，紛獨有此姱節？薋菉葹以盈室兮，判獨離而不服。

博謇：廣博而忠直。姱節：姱美之節。薋：蒺藜。音瓷。菉：王芻。音錄（ㄌㄨˋ）。葹，蒼耳。商支切（ㄕ）。(即枲耳。) 這三種都是惡草，以比讒佞。盈室：喻滿於朝廷。判：分別離散的意思。判獨離：判然獨自離處。不服：不服佩衆所好的惡草。節，讀如則，蓋方音。

【譯述】「你為甚麼廣博忠直而又好修，單獨地有這紛盛美好的裝飾？蒺藜、王芻、蒼耳滿室，你卻與衆不同不肯佩帶惡草。

「衆不可戶說兮，孰云察余之中情？世並舉而好朋兮，夫何煢獨而不予聽？」

戶說：戶說人告。　朋：黨。　煢：孤。渠營切（ㄑㄩㄥˊ）。　戴云：「『察予』之予（「余」戴本作「予」），予屈原也；『予聽』之予，女嬃自予也。」近人有以爲「察余」的「余」字，當解作複數，可譯作「我們」。因爲古人用代名詞，單複數之形每無分別，前人不得其解，以此節爲屈原之語，非是。其說和戴注近。

【譯述】「對衆人不能家家戶戶去告訴，誰人會明白我們的內心？世人們都互相推舉，結成朋黨，你爲甚麼永遠孤零零的，不聽我的話？」

依前聖以節中兮，喟憑心而歷茲。濟沅湘以南征兮，就重華而敶詞：

「敶詞」一作「陳辭」。

前聖：前代聖賢。　節中：錢澄之云：「節其太過，以合於中。」（離騷詁）節，節制之意。

喟：歎。憑：滿；恚怒盛貌。喟憑心：是說喟然歎息而怨憤滿心。　歷茲：經歷此逆境。

濟：渡。沅、湘：二水名，在湖南，都注入洞庭湖。沅音元。　征：行。　就：卽，近。

重華：舜的號。重，池龍切，平聲。史記五帝本紀：「舜……崩於蒼梧之野，葬於江南九疑。」漢書武帝紀注：「九疑山半在蒼梧，半在零陵。」按九疑山在沅湘的南面，所以說「濟沅湘以南征兮，就重華而敶詞。」 敶：古陳字。

【譯述】我想效法古代的聖人折中不偏，不料碰到這個打擊，眞使我憤慨。渡過沅水和湘水往南走，我要向重華陳訴我的懷抱：

「啓九辯與九歌兮，夏康娛以自縱；不顧難以圖後兮，五子用失乎家巷。

「啓九辯與九歌兮」至「固前脩以菹醢」都是向重華的陳詞。 啓：夏禹子。九辯、九歌：天樂。山海經大荒西經：「夏后開（卽啓）上三嬪於天，得九辯與九歌以下。」注云：「皆天帝樂名也。開登天而竊以下用之也。」 夏康娛：戴云：「夏之失德也，康娛自縱，以致喪亂。（「康娛」二字連文，篇內凡三見。）」墨子非樂篇：「啓乃淫溢康樂。」按「康娛自縱」卽「淫溢康樂」的意思。康：安。娛：樂。縱：放。 不顧難：不顧禍難。難，去聲。 圖後：以謀其後。 五子：太康兄弟五人，啓子。朱云：「家衖（巷），宮中之道，所謂『永巷』也。太康以逸豫滅厥德，盤游無度，田於洛南，十旬弗反，有窮后羿距之于河，而五子用此亦失其家衖，言國破而家亡也。」 史記夏本紀：「帝太康失國，昆弟五人，須于洛汭，作五子之歌。」 王引之云：「五子用失乎家巷，失字因王注而衍。……五子用乎家巷者，用乎之文，與用夫用之同。下文云『日康娛以自忘兮。厥首用夫顚隕。』后辛之菹醢兮，殷宗用之不長。』是也。……巷，讀孟子『鄒與魯鬨』之鬨，劉熙曰，『鬨，構也，構兵以鬬也。』五子作亂，故云家鬨，家猶內也，若詩云『蟊賊內訌』矣。……五子卽五觀也，楚語曰，『堯有丹朱，舜有商均，啓有五觀，湯有太甲，文王有管蔡，是五王者，皆元德也，而有姦子。』五觀或曰武觀，竹書『帝啓十年，帝巡守，舞九招於大麥之野。十一年，放王季子武觀於西河。十五年，武觀以西河叛。』……是武觀之作亂，實啓之康娛自縱有以開之。」（讀書雜志餘編下）按王引之以「五子」爲一人，非五人，和王逸朱熹說不同。

巷，古音胡貢切。

【譯述】「夏啓演奏着天樂九辯和九歌，夏代的失德，至於淫樂放縱；不顧禍患，沒有深謀遠慮，太康的五兄弟因此受着國破家亡的痛苦。

「羿淫遊以佚畋兮，又好射夫封狐；固亂流其鮮終兮，浞又貪夫厥家。」

「畋」一作「田」，「鮮」一作「尠」。

羿：夏時諸侯有窮之君。音詣（ㄧˋ）。 佚：樂，蕩。音逸。 畋：獵。音田。 射：入聲，食亦切（ㄕˊ）。凡泛言射，讀去聲；以射其物而言，讀入聲。 封狐：大狐。 亂流：淫亂放蕩。一說：猶言好亂之輩。　鮮終：罕能善終。鮮音癬。　浞：寒浞。在角切（ㄓㄨㄛˊ）。厥：其。婦謂之家。羿因夏衰亂，代之爲政，娛樂畋獵，不治國事，信任寒浞，使爲國相。羿畋獵將歸，寒浞使逄蒙射殺羿，又貪取其婦，以爲己妻。家，古音姑。

【譯述】「后羿荒淫遊戲，喜歡打獵，又愛觸犯禁忌射殺大狐。叛亂放蕩的人本來很少有好結局的，寒浞又佔奪了他的妻子。

「澆身被服強圉兮，縱欲而不忍；日康娛而自忘兮，厥首用夫顛隕。

「澆」一作「奡」。「娛」下「而」字一作「以」。

澆：寒浞的兒子。五弔切。　被服：有「恃」「負」之意。　強圉：多力。　圉音語。　不忍：不能自止其慾。　自忘：忘其過惡。一說：忘其身之危。　自上而下曰顛。　隕：墜。音殞（ㄩㄣˇ）。　澆既殺夏后相，安居淫樂，終被相子少康所誅。厥首顛隕，是說其頭被砍而墜落。

【譯述】「寒浞的兒子澆生來強暴多力，放縱情慾不能自制；天天歡樂而忘掉一切，他的頭終於被人家砍了下來。

「夏桀之常違兮，乃遂焉而逢殃。后辛之菹醢兮，殷宗用而不長。

「用」下「而」字一作「之」。

違：背。言背道。遂：猶終竟。夏桀終竟遭逢殃咎，被湯放於南巢而死。后辛：即殷紂。后：君；辛：紂王名。藏菜曰菹，肉醬曰醢。菹醢：古時酷刑。菹，側魚切（ㄐㄩ）。醢音海。

【譯述】「夏桀常常背道倒行，終於遭逢到禍殃。紂王把忠直的人剁成肉醬，殷朝的統治因此不得長久。紂王無道，殺比干，醢梅伯，武王誅之，殷宗因而不得長久。

「湯禹儼而祗敬兮，周論道而莫差；舉賢而授能兮，循繩墨而不頗。

「儼」一作「嚴」。「賢」下一有「才」字。

儼：畏；莊恪。魚檢切（一ㄢˇ）。祗：亦是「敬」的意思。音脂。周：周家。差：過。「周論道而莫差」，是說周之文王論議道德，沒有過差。舉賢授能：舉用賢者和能者。循：遵守。繩墨：指法度。頗：偏，傾。普禾切（ㄆㄛ）。自「啓九辯與九歌」至此，都是重華身後未及見的事情，故歷陳之。差，古音磋。

【譯述】「商湯和夏禹謹嚴而又虔敬，周文王論議道德也沒過錯；並且舉用賢能的人，遵守着法度公正不偏。

「皇天無私阿兮，覽民德焉錯輔。夫維聖哲以茂行兮，苟得用此下土。

阿：亦是「私」的意思。厄歌切（ㄜ）。焉：語助。錯：置。音措。輔：佐，助。「覽民德」句是說：觀萬民之中有道德而可以君天下者，天爲置賢能的人輔助他。哲：智。茂：盛。行，去聲。下土：指天下。「夫維聖哲」二句是說：苟得用事于此天下（爲萬民之主），只有那聖智而有盛德之行的人。

【譯述】「皇天是大公無私的，常使有才能的人來輔助明君。能夠統治這天下的，只有那德行高超的聖人啊。

「瞻前而顧後兮，相觀民之計極。夫孰非義而可用兮，孰非善而可服？

瞻：觀。顧：還視。前謂禹湯，後謂桀紂。相：視。去聲。相觀：重言之。計：謀。極，至。「相觀」句是說觀察萬民之計謀，於是爲至極。服：行。

【譯述】「我瞻望上代又迴看末世，透徹地觀察人們的計謀。那有不義的人可以任用，那有不善的事可以推行？

「阽余身而危死兮，覽余初其猶未悔。不量鑿而正枘兮，固前脩以菹醢。」

阽：近邊欲墮的意思。音簷。「阽余身」二句是說：回觀我的初志，雖危死不悔。量：度。音良。鑿：穿孔。曹報切。正：方。枘：刻木端所以入鑿孔者。如稅切（ㄖㄨㄟˋ）。「不量鑿」句是說：不量度鑿孔的方圓而徒方正其枘。史記（孟荀傳）所謂「持方枘欲內（納）圜鑿，其能入乎？」即是這個意思。醢，古音虎唯切。

【譯述】「我雖然處境危險差點兒送命，可是想到我的初心終不翻悔。不管鑿孔的方圓只知把榫頭削方，從前的賢人正因此剁成了肉醬。」

曾歔欷余鬱邑兮，哀朕時之不當。攬茹蕙以掩涕兮，霑余襟之浪浪。

「曾」一作「增」。「攬」一作「擥」，一作「擥」。

曾：累。與增通。歔欷：哀泣之聲。音虛希。鬱邑：憂。當：猶遇，平聲。是說哀我生不遇舉賢之時。茹：柔軟。音汝。霑：濡，溼。音沾。浪浪：流貌。浪音郎。

【譯述】我連連地欷歔着，心裏憂鬱，哀傷着我生來不遇見盛時。我拿起柔軟的蕙草來揩拭眼淚，眼淚已經滾滾地霑溼了我的衣襟。

〔第五段〕凡十三節。此段設波瀾起。借女嬃之言，而因之陳辭。言熟觀古今治亂，得其中正之道如是，此所以與世不合，已亦不改也。申前未盡之義。

跪敷衽以陳辭兮，耿吾既得此中正。駟玉虬以椉鷖兮，溘埃風余上征。

「辭」一作「詞」。「虬」一作「虯」。「鷖」一作「翳」。

敷：布。衽：裳際。是說跪而敷布裳際。　耿：明。是說我已得此中正之道，耿然甚明。

駟：一乘四馬。虬：本當作虯，虯虬正俗字。有角曰龍，無角曰虬。　椉：乘本字。

鷖：鳳凰別名。音緊（一）。　「駟玉虬」句是說，以鳳凰為車而駕以玉虯。　溘：奄忽。

埃，塵。一切經音義引蒼頡篇云：「埃，謂風揚塵也。」　征：行。

【譯述】我跪着拉正衣裳的下襬陳訴懷抱，心裏耿耿然已得了這中正之道。以鳳凰為車，駕着玉虯，忽然風塵飛揚，我向着天上遊行。

朝發軔於蒼梧兮，夕余至乎縣圃。欲少留此靈瑣兮，日忽忽其將暮。

軔：止車之木，將行則發之。音刃。　蒼梧：舜葬地，參看上面「就重華而敶詞」下註解。

縣圃：神山，在崑崙山之上。縣音玄。　靈：神。瑣：門鏤。文如連瑣以青畫之，叫做青瑣。靈瑣：指神之所在。　忽忽：去速。　暮：日且冥，日入。本作莫。

【譯述】早上從蒼梧出發，傍晚我到了縣圃。我要在這神靈的所在逗留片刻，日輪匆匆地就要落下了西方。

吾令羲和弭節兮，望崦嵫而勿迫。路曼曼其脩遠兮，吾將上下而求索。

「曼曼」一作「漫漫」。

羲和：日御。初學記引淮南子天文訓：「爰止羲和，爰息六螭。」許愼注云，「日乘車，駕以六龍，羲和御之。」弭節：王云：「弭，按也。按節徐步也。」戴云：「弭節謂止其行節。」弭，彌耳切（ㄇㄧˇ）。（按司馬相如子虛賦：「弭節徘徊。」注云，「節，所仗信節也。」）望：遠視茫茫也。　崦嵫：日所入的山。音淹茲。　迫：附近，迫近。　曼曼：遠貌。曼，莫官切，又莫半切（ㄇㄢˊ又ㄇㄢˋ）。　脩：長。

迫，古音博。索，蘇各切。

【譯述】我叫羲和慢慢地駕着日車，看見崦嵫山且別靠近。道路是曼長遼遠，我將上天下地啊去尋求。

飲余馬於咸池兮，總余轡乎扶桑。折若木以拂日兮，聊逍遙以相羊。

「逍遙」一作「須臾」。

飲：使之飲。音蔭。　咸池：日浴處。　總：結。　轡：御馬索。　扶桑：神木，日所出處。若木：亦木名，生崑崙西極，日所入處，其華光照下地。拂：擊。是說從東極轉到西極，折取若木的椏枝，以拂擊日，使勿西沒。一云：拂，蔽。　聊：且。　相羊猶徘徊。「逍遙」「相羊」都是遨遊的意思。相，息羊切。

【譯述】讓我的馬在咸池喝水，把我的馬轡縛在扶桑枝上。折取若木的椏枝來拂擊日頭，我暫且到處逍遙而徘徊。

前望舒使先驅兮，後飛廉使奔屬。鸞皇爲余先戒兮，雷師告余以未具。

望舒：月御。　飛廉：風伯。　屬：連。音注。奔屬：相連屬而疾趨。　鸞：俊鳥，鳳凰屬。皇（凰）：雌鳳。　爲：去聲。　先戒：在前戒行。　未具：行裝未曾備具。

【譯述】我差月御望舒在前面做先驅，差風伯飛廉在後面跟着奔馳。鸞鳥替我在前頭戒行，雷公卻告訴我行裝還沒準備。

吾令鳳鳥飛騰兮，繼之以日夜。飄風屯其相離兮，帥雲霓而來御。

「帥」一作「率」。「霓」一作「蜺」。

繼以日夜：日夜繼續飛騰而不停止。　飄風：旋風。　屯：聚。　郭璞云：「雄曰虹，謂明盛者；雌曰蜺（霓），謂暗微者。」（洪補注引）霓，五稽切（ㄋ一），又五歷切，又五結切。

御：迎。錢澄之云：「風之來者必逆，名爲相迎，實相拒也。」

夜，古音豫。

【譯述】我叫那鳳鳥展翅飛騰，日夜繼續着毫不停歇。旋風忽然屯聚忽然分離，率領着雲和霓來「迎接」我。

紛總總其離合兮，斑陸離其上下。吾令帝閽開關兮，倚閶闔而望予。

「斑」一作「班」。

紛：盛多貌。總總：聚貌。　離合：乍離乍合。上面說「飄風屯其相離」，所以這裏說雲霓乍離乍合。　斑：亂貌。陸離：分散貌。　上下：或上或下。　「紛總總」二句狀飄風率着雲霓來迎之衆雜。　帝：天帝。　閽：守門的人。音昏。　關：以木橫持門戶。　閶闔：天門。這句是說：閽者不肯開天門，反倚天門望着我。

下，古音戶。

【譯述】雲霓紛盛地乍離乍合，雜亂分散着或上或下。我叫那天帝的守門人開門，他反靠着天門看我。

時曖曖其將罷兮，結幽蘭而延佇。世溷濁而不分兮，好蔽美而嫉妒。

「延」上「而」字一本作「以」。

曖曖：昏昧貌。曖音愛。　罷：極。音皮。　蘭草多生深林幽澗中，所以稱幽蘭。「時曖曖」二句是說：時已昏暗，行遊將倦，我結佩着幽蘭，引頸久立，而無所趨適。　溷：亂。戶困切（ㄏㄨㄣˋ）。　不分：不分別善惡。　好：去聲。　蔽美嫉妒：隱人美德，而嫉妒忠信。

【譯述】時候已是昏暗，人將疲倦了，我紐結着深谷的蘭草伸長脖子站着。人間世是這樣混濁，不分善惡，愛相妒忌而隱蔽人家的美德。

〔第六段〕凡八節。以寓言起，以正意收。託言欲往見天帝以自廣，中道爲飄風雲霓所隔，又爲守天門之門隸所阻，欲進不遂，因以歎溷濁之世，大抵如是。

朝吾將濟於白水兮，登閬風而緤馬。忽反顧以流涕兮，哀高丘之無女。

濟：渡。　王云：「淮南子言白水出崑崙之山，飲之不死。」洪云：「河圖曰：崑山出五色流水，其白水入中國名爲河也。」按淮南子墬形訓：「黃水三周復其原，是謂丹水，飲之不死。」據朱起鳳說，「丹」卽「白」字之誤。（辭通）　閬風：山名，在崑崙之上。閬，音郎，又音浪。廣雅云：「崑崙虛有三山：閬風，板桐，玄圃。」緤：繫。音薛(ㄒㄧㄝˋ)。「朝吾將」二句是說：(天門既不肯開，人間世又混亂嫉妒，)早上將渡過白水，登閬風山繫馬而暫留。高丘：指閬風山。女：美女，神女。蓋以比賢君。「忽反顧」二句是說：(既登上閬風山，)忽然反顧而流淚，哀高丘(閬風山)之上亦無美女。馬，古音莫補切。

【譯述】早上我要渡過白水，登上閬風山縛着我的馬。我忽然回頭看看不禁流下眼淚，可哀這高山上面也沒有美女。

溘吾遊此春宮兮，折瓊枝以繼佩。及榮華之未落兮，相下女之可詒。

「詒」一作「貽」。

溘：奄忽。春宮：東方青帝宮。言不得於西，則又求之於東。瓊：玉之美者。張揖云：「瓊樹生崑崙西，流沙濱，大三百圍，高萬仞，華，蘂也，食之長生。」(漢書司馬相如傳注)瓊枝玉樹，以喻堅貞。繼：續。折取瓊樹的枝以續蘭佩，重其鮮潔。榮華：爾雅釋草：「木謂之華，草謂之榮。」相：視。去聲。下女：侍女。指神女的侍女。詒：遺，贈。「及榮華」二句是說：趁着這所折的瓊枝上的花還未零落，相視侍女持以贈遺，使通己意於神女。

【譯述】我飄忽地來到了這春宮，攀折了瓊枝插在蘭佩上。趁這枝上的瓊花還沒凋落，我要送給一位慇懃的侍女。

吾令豐隆乘雲兮，求宓妃之所在。解佩纕以結言兮，吾令蹇脩以爲理。

「宓」一作「虙」。

豐隆：雲師。一曰，雷師。　宓妃：伏羲氏之女，溺洛水而死，遂爲河神。宓音伏，本作虙。　結言：朱熹以爲古者以言寄意於人，必以物結而致之。九章惜誦：「固煩言不可結詒兮，」思美人：「言不可結而詒兮，」均是此義。按己欲結佩以通言語，所以說「結言」。蹇脩：伏羲氏之臣。　孫詒讓云：「理：卽行理之理。……左傳昭十三年云，『行理之命，無月不至。』杜注云：『行理，使人，通聘問者。』此理亦猶言使也，與媒義略同。（廣雅釋言云，『理，媒也。』理詳言之則曰行理，猶媒亦曰行媒。）故下云『理弱而媒拙兮，』九章抽思云『理弱而媒不通兮，』……思美人云『令薜荔以爲理，……因芙蓉以爲媒，』皆理媒竝舉。」（札迻）按孫說和蔣驥說略同，而更精該。

【譯述】我差雲神豐隆駕着雲，去找尋宓妃的所在。我解下佩帶打了結子贈送她，我並且叫蹇脩做介紹人。

紛總總其離合兮，忽緯繣其難遷。夕歸次於窮石兮，朝濯髮乎洧盤。

「盤」一作「槃」。

緯繣：乖戾。音揮劃。　遷：移。　「紛總總」二句是說：讒人紛聚毀敗，令其意一合一離，忽然見拒，乖戾而難移。　次：舍止。　窮石：山名，在張掖。　洧盤：水名，出崦嵫山。洧，于軌切（ㄨㄟˇ）。

【譯述】讒人們紛紛地包圍着她，使她忽然堅決地拒絕了我。她傍晚回去在窮石山歇宿，清早在洧盤水邊洗她的頭髮。

保厥美以驕傲兮，日康娛以淫遊。雖信美而無禮兮，來違棄而改求。

「傲」一作「敖」。

淫：久，濫。　違：去。　改：更。

【譯述】她只想保持美貌，態度驕傲，天天歡樂放恣地遨遊着。她確實美麗，只是沒有禮貌，我來了又拋棄她更作別求。

覽相觀於四極兮，周流乎天余乃下。望瑤臺之偃蹇兮，見有娀之佚女。

「覽相」一作「求覽」。戴震本無「相」字。覽相觀，三疊字。相，去聲。王夫之云：「覽也，相也，觀也，重疊言者，明旁求之不止也。」（楚辭通釋）四極：四方極遠之地。瑤：石之似玉，以飾室臺。偃蹇：高貌。有娀：國名。娀音嵩。佚：美。音逸。有娀之佚女：謂帝嚳之妃契母簡狄。呂氏春秋音初：「有娀氏有二佚女，爲之九成之臺，飲食必以鼓。」

【譯述】我遍觀了極遠的四方，在天空中遊行一周又下來。我望着那高峻的瑤臺，還看見有娀氏的美女。

吾令鴆爲媒兮，鴆告余以不好。雄鳩之鳴逝兮，余猶惡其佻巧。

「雄」一作「鴆」。鴆：毒鳥。直禁切（ㄓㄣˋ）。其羽有毒，可以殺人。鴆鳥性讒毒，不肯爲媒，反詐告我說「不好」。惡：讀去聲。佻：輕。吐雕切，又吐了切（ㄊㄧㄠˊ）。巧：利。好，古音呼口切。巧，古音去九切。

【譯述】我差鴆鳥做媒人，她卻欺騙我說「不好」。雄的斑鳩叫着飛去，我又嫌惡他多言輕巧。

心猶豫而狐疑兮，欲自適而不可。鳳皇既受詒兮，恐高辛之先我。

猶豫：遲疑不決。洪云：「老子曰：（十五章）『豫兮若冬涉川，猶兮若畏四鄰。』則猶與豫，皆未定之辭。」狐疑：顏師古云：「狐之爲獸，其性多疑，每渡冰河，且聽且渡，故言疑者而稱狐疑。」（漢書文帝紀「朕狐疑」注）適：往。是說意欲自往，而於禮又不可，因爲「女當須媒」。詒：禮遺，謂所致之物以聘者。高辛：帝嚳有天下的稱號。「鳳皇」二句是說：鳳凰已受高辛氏的禮遺，使往爲媒，故恐簡狄先爲帝嚳所得。

【譯述】我的心裏老是遲遲疑疑，想要自己去又覺得於禮不可。鳳凰已經帶了高辛氏的禮物去，恐怕高辛氏搶先得到了她。

欲遠集而無所止兮，聊浮遊以逍遙。及少康之未家兮，留有虞之二姚。

「集」一作「進」。

集：止。少康：夏代中興之主，夏后相子。少，去聲。有虞：國名，姚姓，舜後。寒浞殺夏后相，少康逃奔有虞，有虞君虞思妻以二女（二姚）。後夏舊臣靡滅寒浞，迎立少康。（見左傳襄公四年及哀公元年。）未家：未有室家；即「未娶」的意思。此思往事，而冀今之所遇亦然。

【譯述】我想遠去而沒可去的地方，暫且漂泊而逍遙着。趁着少康沒有結婚的時候，還留着有虞國的兩位嬌女。

理弱而媒拙兮，恐導言之不固。世溷濁而嫉賢兮，好蔽美而稱惡。

「美」一作「善」。

理弱而媒拙：上文云：「吾令蹇脩以爲理，」「吾令鴆爲媒兮」，「理」「媒」互見。這裏「理」「媒」並舉，言行理弱劣而行媒拙鈍，故自知終不可求。近人有解「理」爲「提婚人」，「媒」爲「媒介人」，意頗新穎，可備一說。「恐導言」句是說：無良媒達己意，使婚事穩固。稱惡，稱揚邪惡。「世溷濁」二句是說：舉世混濁，無所往而可者。惡，音汚，去聲。下「孰云察余之善惡」同。方績云：「先儒謂一字兩聲，各有意義，如惡爲愛惡之義，則去聲，美惡之義，則入聲。顏之推言此音始於葛洪徐邈。……今考漢魏以前，無此音義，凡四聲之分止在發言輕重，非有膠執之見。」（屈子正音）

【譯述】我的媒人眞是笨拙低能，恐怕不能把婚事說妥。人間世是混濁而妒忌賢人，愛隱蔽美德而稱揚邪惡。

〔第七段〕「十節。託言欲求女以自廣，故歷往賢妃所產之地，冀或一遇於今日，而無良媒以通己志，因言世之溷濁，無所往而可者。亦以正意收。

閨中既以邃遠兮，哲王又不寤。懷朕情而不發兮，余焉能忍與此終古？

「既」下一無「以」字。「忍」下一有「而」字。

閨：宮中小門。邃：深。閨中邃遠：是說忠言難通。寤：覺。哲：智。哲王：謂懷王。洪云：「懷王不明，而曰哲王者，以明望之也。太史公所謂『冀幸君之一悟，俗之一改也。』」按哲王係對君王的尊稱。哲王不寤：是說不知善惡之分。發：伸。焉：安，何。音嫣。終古：猶言常，永古。「余焉能」句是說當世之人蔽美稱惡，不能與之久居。

【譯述】香閨裏面既是這樣地深遠，明哲的王又終於不覺悟。我的滿懷衷情不得發洩，怎麼忍得住跟這夥人長久在一起呢？

索藑茅以筳篿兮，命靈氛爲余占之。曰：「兩美其必合兮，孰信脩而慕之？

「藑」一作「瓊」。

索：取。所革切。藑茅：靈草。藑，音瓊。筳篿：王云：「筳，小折竹也。楚人名結草折竹以卜曰篿。」筳音廷，篿音專。戴云：「以猶與也，語之轉。小斷竹謂之筳筳。」靈氛：古明占吉凶者。占：視兆以知吉凶。音詹。自己不知何去何從，所以取靈草和細竹卜之，並且使靈氛占視吉凶。龔景瀚云：「兩美必合，則必有信能好脩者，而後慕汝之好脩，而楚其誰乎？」（離騷箋）──近人有以爲慕當是「莫念」二字之誤，因下一字缺壞上半，寫者不愼，以所遺之「心」上合於「莫」，卽「慕」之古體「𢜬」。（楊統碑繁陽令碑慕字均作此體。）「占」「念」於韻同在侵部。念，思也，戀也。可備一說。

【譯述】我拿了靈草和細竹卜着，叫靈氛替我決斷吉凶。靈氛說，「兩個美善的人兒定可配合，可是在這兒誰會惺惺惜惺惺呢？

「恖九州之博大兮，豈唯是其有女？」曰：「勉遠逝而無狐疑兮，孰求美而釋女？

「恖」古文「思」字，亦作「思」。「無狐疑」一無「狐」字。

有女：女如字。美女以比賢君。　勉遠逝：勸力遠去。　求美：求賢丈夫；以比求賢臣。釋女：女音汝。　俞樾古書疑義舉例二有「一人之辭非自問自答而中間又用曰字以別更端之語」例，離騷和九章惜誦篇中亦有此二例，爲俞書所未引。如本篇：

索藑茅以筳篿兮，命靈氛爲余占之。曰：「兩美其必合兮，孰信脩而慕之？　恖（思）九州之博大兮，豈唯是其有女？」曰：「勉遠逝而無狐疑兮，孰求美而釋女（汝）？何所獨無芳草兮，爾何懷乎故宇？」

卜蓋不止一次，靈氛的話本不相連續，故用兩「曰」字。九章惜誦篇：

吾使厲神占之兮，曰：「有志極而無㫄（旁）；終危獨以離異兮。」曰：「君可思而不可恃，故衆口其鑠金兮，初若是而逢殆。……」

亦厲神一人之詞，而兩用「曰」字，與上例同。解者或不明此例，把下「曰」字認作衍文，殊失其義。

【譯述】「請你想九州這樣地廣大，那裏只在這兒才有美女呢？」靈氛又說，「你努力遠去，請別多心呀，那有求美丈夫的女郎會捨棄了你？

「何所獨無芳草兮，爾何懷乎故宇？」世幽昧以昡曜兮，孰云察余之善惡？

「宇」一作「宅」。「昡」一作「眩」。「善」一作「美」。

何所：何處。「何所獨無芳草」即上章「豈唯是其有女」的意思，「芳草」亦謂賢君。懷：思。 宇：居。 昡曜：惑亂貌。昡，穴絹切（ㄒㄩㄢˋ）。「世幽昧以昡曜兮」以下是屈原自念之詞。

【譯述】「那兒會單單沒有香草？你爲甚麼老是懷念着故鄉？」人間世是黑暗而又昏亂，誰能夠清楚地知道我的好壞？

民好惡其不同兮，惟此黨人其獨異。戶服艾以盈要兮，謂幽蘭其不可佩。

好、惡：並去聲。「民好惡」二句是說：人性固有不同，而羣小爲尤異（指下文服艾、棄蘭、好臭、惡香）。艾：艾蒿，非芳草。王云：「艾，白蒿也。」盈：滿。要：俗別作「腰」。「戶服艾」句是說：羣小比戶服艾滿腰。

【譯述】人們的愛憎本來不是一樣的，不過這些小人們尤其特別。他們都把艾葉滿插腰間，還說蘭草是臭的不可佩帶。

覽察草木其猶未得兮，豈珵美之能當？蘇糞壤以充幃兮，謂申椒其不芳。

珵：美玉。音呈。當：值；謂定其所值。平聲。蘇：取。糞壤：糞土。充：猶滿。幃：香囊。音暉。

【譯述】對草木都還不能分別香臭，那裏會知道美玉的價值呢？他們拿了糞土裝滿香袋，還說申椒並不芳香。

〔第八段〕凡六節。命靈氛爲卜其行，而因念世之棄賢如此。

欲從靈氛之吉占兮，心猶豫而狐疑。巫咸將夕降兮，懷椒糈而要之。

「欲從」二句是說：已欲從靈氛勸我遠去的吉占，而心中狐疑，仍念楚國。巫咸：古神巫，當殷中宗之世。降：下。椒：香物，所以降神。糈：精米，所以享神。音所，又私呂切（ㄒㄩˇ）。一云：糈，祭神米。要：邀，迎。平聲。楚俗尙鬼，巫以椒糈降神，神附於巫而傳語。「巫咸」二句是說：巫咸將以日夕從天而下，已欲懷椒糈而邀請他，使再占吉凶。

【譯述】我想要聽從靈氛吉利的卜語，心裏還是躊躇未決。巫咸將在傍晚時候下降，帶了椒香祭神米請他再斷吉凶。

百神翳其備降兮，九疑繽其並迎。皇剡剡其揚靈兮，告余以吉故。

「疑」一作「嶷」。「迎」戴震本作「迓」。

翳：蔽。於計切（一丶）。九疑：山名，在零陵蒼梧之間，山有九峯，其形相似，遊者疑惑，故名「九疑」。已見上「就重華而敶詞」下註。繽，盛貌。「百神」二句是說：巫咸以椒米招致百神，百神全體蔽空而下，九疑山的神紛然並來迎迓天之百神。皇：皇天。剡剡：光貌。剡，以冉切（一ㄢˇ）。揚靈：發出靈光。告余以吉故：告我去當吉善之故。靈氛的吉占，本問之於神，此更因巫咸以致百神，而神則附於巫而傳語。陳第云：「迎，古音寤。」（屈宋古音義）戴本作「迓」，云：「迓，古音御，或譌作迎，因九歌湘夫人文誤。」（屈原賦音義）迓，迎。

【譯述】百神遮蔽着天空而降下，九疑山諸神紛紛地都來迎接。皇天發出閃閃的靈光，百神告訴我遠去纔會安吉。

曰：「勉陞降以上下兮，求榘矱之所同。湯禹儼而求合兮，摯咎繇而能調。

「陞」一作「升」。「榘」一作「矩」。「矱」一作「彠」。「儼」一作「嚴」。「咎繇」一作「皐陶」。

榘：與矩同，所以爲方之器。俱雨切（ㄐㄩˇ）。矱：度。所以度長短者。烏郭切（ㄨㄛˋ）。又活惡切（ㄏㄨㄛˋ）。榘矱猶法度。　儼：敬。合：匹。　摯：伊尹名，湯臣。　咎繇（卽皐陶）：禹臣。音高遙。　調：和。是說湯得伊尹，禹得咎繇，始能調和。

段玉裁云：「調，本音在第三部，讀如稠。車攻以韵同字，屈原離騷以韵同字，……皆讀如重，此古合韵也。」（六書音均表四）孫云：「『曰勉陞降以上下兮，求榘矱之所同。』注云『當自勉強上求明君下索賢臣與己合法度者，因與同志共爲治也。』又七諫謬諫云『不量鑿而正枘兮，恐榘矱之不同。』洪校云『同一作周。』案此同竝當作周，與下調協韻。同周形近，上文云『何方圜之能周兮，』注云『言何所有圜鑿受方枘而能合者，』洪校亦云，『周一作同。』以彼及七諫別本證之，知此同亦當作周也。淮南子氾論訓云，『有本主於中而以知榘矱之所周者也。』淮南王嘗爲離騷傳，氾論所云，必此本文，然則西漢本固作周矣。（上文『雖不周於今之人兮，』注云『周，合也。』此注似以合法度釋周字，與上注同。疑王本自作周，今本涉注同志之文而誤耳。）自今本誤作同，而與調韻不協，攷古音者遂滋異論，江永古韻標準以爲古人相效之誤(戴震音義同),段玉裁六書音均表則以爲古音三部與九部之合韻,兪正燮癸巳類稿又以爲雙聲爲韻,殆皆未究其本矣。」(札迻)按孫說較段說爲佳,「同」當係「周」之誤,「周」和下「調」(古音讀如稠)協韻。

【譯述】巫咸說:「你努力到上下四方去,求那志同道合的人吧。商湯夏禹虔誠地求着賢臣,得到了伊尹臯陶纔能調和。

「苟中情其好脩兮,又何必用夫行媒?說操築於傅巖兮,武丁用而不疑。

「何」上一無「又」字。

說:傅說。音悅。　操築:操作版築。操,平聲。築,擣。　傅巖:地名,在今山西平陸東。　武丁:殷高宗。　史記殷本紀:「武丁夜夢得聖人,名曰說,……於是迺使百工營求之野,得說於傅險(巖)中,是時說爲胥靡,築於傅險,見於武丁。武丁曰,是也。得而與之語,果聖人,舉以爲相,殷國大治。故遂以『傅險』姓之,號曰傅說。」

【譯述】「如果內心眞是愛好修潔,又爲甚麼一定用得着媒人?傅說在傅巖做着苦工,武丁用他毫不懷疑。

「呂望之鼓刀兮,遭周文而得舉。甯戚之謳歌兮,齊桓聞以該輔。

呂望：名尙，本姓姜氏，其先封於呂，從其封姓，故曰呂尙。字子牙。避紂居東海之濱，聞文王作興，而往歸之，至於朝歌，道窮困，因自鼓刀而屠，西釣於渭濱。文王出獵而遇之，遂載以歸，用以爲師，言吾先公望子久矣，因號爲太公望。 鼓：動。鼓刀謂鼓刀而屠。一說：鼓，鳴。天問：「師望在肆昌何識，鼓刀揚聲后何喜?」 周文：周文王。 甯戚：衞人，修德不用，退而商賈，宿齊東門外。桓公夜出，甯戚方飯牛，叩角而商歌曰：「南山粲，白石爛，生不遭堯與舜禪。短布單衣適至骭，從昏飯牛薄夜半。長夜漫漫何時旦?」桓公聞之，知其賢，召爲客卿。 該：備。該輔：舉用甯戚，以備輔佐。

【譯述】「呂望在朝歌市場上操刀做屠夫，遇到了周文王便被舉用。甯戚敲着牛角唱歌，齊桓公聽到了立刻召他做客卿。

「及年歲之未晏兮，時亦猶其未央；恐鵜鴂之先鳴兮，使夫百草爲之不芳。」

晏：晚。 央：盡。 鵜鴂：爾雅謂之伯勞。音提決。大戴記夏小正：「五月鴂則鳴。」詩豳風七月：「七月鳴鵙。」「鴂」「鵙」字通。 爲：去聲。 鵜鴂以五月鳴，衆芳皆謝，所以說「百草不芳」。 巫咸的話止於此，這幾句是勸勉屈原當及此身未老、時未過而速行的意思。

【譯述】「你要趁着年歲還未遲暮，趁着時光還未過盡；怕的是一聽到伯勞的叫聲，使得百草因而消失了芳香。」

何瓊佩之偃蹇兮，衆薆然而蔽之？惟此黨人之不諒兮，恐嫉妒而折之。

偃蹇：衆盛貌。薆然：掩翳貌。薆，音愛。諒：信。折：毁敗。

【譯述】爲甚麼我佩掛着許多美玉，人們偏將它深深地隱蔽着呢？這批小人們是沒有誠信的，恐怕因爲妒忌而要來打碎它。「何瓊佩」二句是說：我所佩瓊玉美盛，衆人薆然而隱蔽之，自傷不得施用的意思。

時繽紛其變易兮，又何可以淹留？蘭芷變而不芳兮，荃蕙化而爲茅。

「其」一作「以」。

繽紛：亂貌。茅：惡草，以喻不肖。茅，古音莫侯切。

【譯述】時俗是那麼變動紛亂呀，我又怎麼可以長久地留在這兒？幽蘭和白芷都消失了香氣，芳荃和蕙草都變成了茅草。

何昔日之芳草兮，今直爲此蕭艾也？豈其有他故兮？莫好脩之害也！

一無二「也」字。

直：徑直也。（助字辨略）　蕭、艾：都是賤草，亦以喻不肖。蕭，萩蒿。「莫好脩」二句是說：時人莫有好自脩潔者，故其害至於荃蕙爲茅，芳草爲艾。

艾，古音乂。害，古音胡例切。

【譯述】爲甚麼從前的香草，到今天簡直變成這艾草和牛尾蒿？那裏有別的緣故呢？只因爲不愛好修潔纔會有這害處啊！

余以蘭爲可恃兮，羌無實而容長；委厥美以從俗兮，苟得列乎衆芳。

蘭：隱指子蘭。王逸以爲懷王少弟司馬子蘭，洪興祖據史記屈原傳以爲懷王少子頃襄王弟令尹子蘭。按洪說較有根據。子蘭勸懷王入秦事雖在屈原作離騷後，然其時當已與上官靳尙等同黨。劉向新序節士篇說：「屈原者，名平，楚之同姓大夫，……懷王用之。秦欲吞滅諸侯，幷兼天下。屈原爲楚東使於齊，以結強黨。秦國患之，使張儀之楚，貨楚貴臣上官大夫靳尙之屬，上及令尹子蘭、司馬子椒，內賂夫人鄭袖，共譖屈原。屈原遂放於外，乃作離騷。」新序所謂「令尹子蘭」，或許以後來的官名稱他。又下文「椒專佞以慢慆兮」，王逸以「椒」爲楚大夫子椒。由前後文意看來，屈原確是在用隱喻來指摘當時的權貴。因爲蘭和椒是離騷中通體所讚美的東西而在這兒突然變了，我們很可以揣察到他的用意所在。王洪二家的解釋是對的，而朱熹王夫之等偏異其說，引「椴」與「揭車」「江離」又指何人以難之。不知離騷之文是很靈活的，有隱喻，有比喻，不必一致。子蘭所以痛恨屈原，爲人所傳誦的離騷實是主因之一，其中攻擊子蘭的地方必定特別多，（有的地方或許後人已看不出來了，）所以他纔會叫上官大夫短屈原於頃襄王前，遂放逐屈原於江南。恃：賴。無實：無實材。容長：虛有長大的容貌。「余以蘭」二句是說：子蘭有蘭之名，無蘭之實。委：棄。「委厥美」二句是說：卽得與衆芳同列，而自棄其美質，隨從流俗，實無芬芳。

【譯述】我以前當蘭是可靠的，不料它空有漂亮的外貌。就是它能夠同列於衆芳當中，拋棄美質隨俗推移，那有芳香。

椒專佞以慢慆兮，椴又欲充夫佩幃。旣干進而務入兮，又何芳之能祗？

「而」一作「以」。

椒：隱指楚大夫子椒。洪云：「古今人表有令尹子椒。」（按見漢書古今人物表。）專佞：專橫佞諛。佞音甯。慆：淫。音滔。椴：茱萸，似椒而不芳。音殺。佩幃：所佩的香囊。干：求。干進務入：求進而自入於君。芳：喻賢人。祗：敬。

【譯述】椒是專橫巴結而且放誕，臭惡的茱萸也要裝滿香袋。旣然竭力鑽營只求貴幸，又怎麼能夠敬愛芳香呢？

固時俗之流從兮，又孰能無變化？覽椒蘭其若茲兮，又況揭車與江離？

「流從」一作「從流」。

流從：言隨從上化，如水之流。　揭車、江離雖亦是香草，然不若椒蘭之盛。

【譯述】這年頭兒大家都是隨波逐流啊，誰還能夠沒有變化？看椒和蘭都變成了這樣，又況且藒車和蘼蕪？

惟茲佩之可貴兮，委厥美而歷茲。芳菲菲而難虧兮，芬至今猶未沬。

「之」一作「其」。

上文「委厥美以從俗」，言自棄其美，這裏「委厥美而歷茲」，言人棄其美。　歷茲：謂逢此殃咎。　沬：猶微；香將已而微曰沬。莫貝切（ㄇㄟˋ）。　馬其昶云：「古有香玉。」

「芳菲菲」二句是說：自己雖遭委棄，尚不肯隨從流俗遷改，其芬芳實不可滅損而衰微。

【譯述】我這瓊佩眞是可寶貴呀，那知卻這樣地遭人們鄙棄。我仍舊香氣郁郁不肯減損，芬芳到現在未曾衰微。

〔第九段〕凡十三節。既又聞吉占之故，而復審之於己，言不獨世棄賢，向所稱賢者，亦往往因之自棄；惟己則不隨流俗遷改，計有去此而已。

和調度以自娛兮，聊浮游而求女。及余飾之方壯兮，周流觀乎上下。

和調度：和調己之行度。「及余飾之方壯」，卽指上文所謂「高余冠之岌岌兮，長余佩之陸離」等服飾之盛。

【譯述】我把心氣平靜下去自己寬解着，暫且漫遊着尋求美女。趁着我的服飾正漂亮的時候，上天下地啊去觀覽一周。

靈氛既告余以吉占兮，歷吉日乎吾將行。折瓊枝以爲羞兮，精瓊爢以爲粻。

歷：選。瓊枝：瓊樹生崑崙西，其花食之可長生。詳見上面「折瓊枝以繼佩」句下註釋。羞：有滋味的飲食之物。戴云：「羞，四時之珍異。」精：鑿，擣。瓊爢：玉屑。爢音糜。粻：糧。音張。行，古音杭。

【譯述】靈氛已經告訴我遠去安吉的卜語，我選定了好日子將要遠行。我折來瓊枝當作路菜，擣細玉屑當作乾糧。

爲余駕飛龍兮，雜瑤象以爲車。何離心之可同兮？吾將遠逝以自疏。

為：去聲。　象：象牙。雜瑤象以為車：雜用瑤象以飾其車。　離心：不和自己同心。

疏：疏遠。

車，古音居。

【譯述】替我駕上飛龍啊，把寶石和象牙裝飾着我的車子。不是一條心的人們怎麼可以相合？我將要離開了他們獨自遠去。

邅吾道夫崑崙兮，路脩遠以周流。揚雲霓之晻藹兮，鳴玉鸞之啾啾。

邅：轉。張連切（ㄓㄢ）。楚人名轉曰邅。　崑崙：山海經海內西經：「崑崙之墟，在西北，帝之下都。……方八百里，高萬仞。……百神之所在。」　雲霓：蓋以雲霓為旌旗。晻藹：陰貌，旌旗蔽日貌。晻，烏感切（ㄢˇ）。藹，於蓋切（ㄞˇ）。　鸞：鈴之著於衡者。玉鸞：玉製的車鈴。　啾啾：鳴聲。卽由切（ㄐㄧㄡ）。

【譯述】我把我的路線轉向崑崙山，路途遙遠地周行着。雲霓的旗幟悠悠地飄揚，玉製的鸞鈴啾啾地響着。

朝發軔於天津兮，夕余至乎西極。鳳皇翼其承旂兮，高翺翔之翼翼。

「翼其」文選作「紛其」。

天津：天漢(天河)之津。王云：「天津，東極箕斗之間，漢津也。」西極：西方邊極。翼：敬。交龍爲旂。旂音祈。這句是說鳳凰端敬地承護着龍旗。翱翔：鳥之高飛，翼一上一下曰翺，直刺不動曰翔。翼翼：和貌。

【譯述】早上從天河的渡口出發，傍晚我到了西方的盡頭。鳳凰莊敬地圍繞着龍旗，高高而安和地飛翔着。

忽吾行此流沙兮，遵赤水而容與。麾蛟龍使梁津兮，詔西皇使涉予。

「使梁津」的「使」字一作「以」。

流沙：在西極。山海經海內西經：「流沙出鍾山，西行。」遵：循。赤水：出崑崙。穆天子傳：「遂宿于崑崙之阿，赤水之陽。」容與：遊戲貌。舉手曰麾。或言以手教曰麾。麾，許爲切(ㄏㄨㄟ)。蛟：似蛇，四足，小頭，龍屬。(洪補注引郭璞說。)梁：橋。津：水渡。詔：告。西皇：帝少皞。涉：渡。「麾蛟龍」二句是說：以蛟龍爲橋於津上，告少皞使來渡我。

【譯述】我忽然到了這流沙，沿着赤水而遊戲。我指揮蛟龍橫駕在渡口做橋梁，告訴西皇要他渡我過去。

路脩遠以多艱兮，騰衆車使徑待。路不周以左轉兮，指西海以爲期。

騰：過，馳。這句是說：已令衆車由徑路奔馳而相待。不周：山名，在崑崙西北。山海經大荒西經：「西北海之外，大荒之隅，有山而不合，名曰不周。」西海：青海。博物志：「漢張騫渡西海至大秦。」期：會。「路不周」二句是說：我當自不周山而左行，俱會于西海之上。

待，古音待以切。

【譯述】道路是遙遠又十分難走，我吩咐從車抄近路過去等候。路繞着不周山向左轉彎兒，指定西海作會合的地點。

屯余車其千乘兮，齊玉軑而並馳。駕八龍之婉婉兮，載雲旗之委蛇。

「婉婉」一作「蜿蜿」。「蛇」一作「移」。

屯：聚。徒渾切(ㄊㄨㄣˊ)。乘：去聲。軑：轂端錔。特計切。又音大。(ㄉㄞˋ)方言：「關之東西曰輨(音管)，南楚曰軑。」玉軑：玉製的車軑。齊玉軑：是說並轂而馳。一云：方言：「輪，韓楚之間謂之軑。」婉婉：龍飛貌。婉音宛。雲旗：以雲爲旗。委蛇(委移)：長貌，旗披拂貌。委，於危切(ㄨㄟ)，平聲。蛇，音移。

馳，古音徒何切。蛇，古音唐何切。（移，古音尤和切。）

【譯述】聚集着我的車有一千輛，嵌玉的輪子並排着一齊馳驅。駕了八龍蜿蜿地飛騰着，載着雲旗飄飄地披拂着。

抑志而弭節兮，神高馳之邈邈。奏九歌而舞韶兮，聊假日以媮樂。

抑志弭節：抑制己志，按節徐行。　邈邈：遠貌。邈，莫角切（ㄇㄛˋ）。　九歌：啓所得天樂。（見上註。）　韶：卽九韶，啓舞。山海經大荒西經：「開（卽啓）焉（爰）得始歌九招。」郭璞注引竹書，「夏后開舞九招。」按「韶」「招」字通。　假：借。上聲。　媮：樂。音兪。戴云：「媮，他侯切（ㄊㄡ），苟且也。愉音俞，樂也。二字多錯互。」（音義）按上文「惟黨人之偸樂兮」，「偸」戴本作「媮」。　「聊假日」句是說：遭遇幽厄，中心愁悶，假延日月，苟爲娛樂而已。

【譯述】我按着壯志勒住韁繩慢慢地遊行，我的精神卻遼遠地高馳着。奏着九歌又舞着九韶，暫且利用這些日子自尋歡樂。

陟陞皇之赫戲兮，忽臨睨夫舊鄉；僕夫悲余馬懷兮，蜷局顧而不行。

一本無「陟」字。「陞」一作「升」。

陟：登。知億切(ㄓˋ)。皇：皇天。赫戲：光明貌。戲，平聲。睨：視。擬麗切(ㄋ一ˋ)。臨睨：下視。舊鄉：楚國。僕夫：御者。懷，思。蜷局：詰屈不行貌。蜷音拳。屈原託言遠逝自疏，欲舒其愁緒，然憂思仍不可解，因終不能忘懷楚國。

【譯述】我在光曜的天空中升騰着，忽然看見了下界的故鄉；我的車夫悲傷，我的馬也思歸，蜷縮回顧不肯向前走。

〔第十段〕凡十節。託言遠逝，所至憂思不解，而終之以睠顧楚國焉。

亂曰：已矣哉！國無人莫我知兮，又何懷乎故都？既莫足與爲美政兮，吾將從彭咸之所居。

亂：樂節之名，猶「尾聲」。韋昭注國語云，「凡作篇章，篇義既成，撮其大要，爲亂辭。」(魯語「其輯之亂」)近人有以爲「亂」即「辭」之古字，正楚辭之名所由得。可備一說。已矣：絕望之詞。無人：謂無賢人。「將從彭咸之所居」，是說將自投於水，以從彭咸。

【譯述】(尾聲)算了吧！國家裏沒有人，沒人知道我啊，又爲甚麼思念着故都呢？既然沒人可以共同推行善政，我將投入那彭咸所居住的深潭。

〔亂〕繫以亂章，以明辭指所歸。

蔣驥曰：「篇中曰『好脩』，曰『脩能』，曰『脩名』，曰『前脩』，曰『脩初服』，曰『信脩』，『脩』字凡十一見，首尾照應，眉目了然。蓋好脩者其學也，為彭咸者其忠也。」

（餘論上）

張惠言曰：「『願竢時乎吾將刈』，『延佇乎吾將反』，『吾將上下而求索』，『吾將遠逝以自疏』，『吾將從彭咸之所居』五句為全篇層次。」

陳本禮曰：「凡二千四百九十言，按除去『曰黃昏以為期』二句十三字，當為二千四百七十七言。古今辭賦家第一首巨製。」又曰：「千古以來，善說騷者，惟淮南與龍門二人而已。餘如子雲反騷，孟堅序騷，直門外漢耳。」

離騷韻讀

㈠所注古音，大抵依據戴震屈原賦音義。

㈡凡方音字旁加「·」為記。

㈢凡相協韻的字，依篇中次序排列，每節一行，上加數字，以明韻部不同（起韻或轉韻處）。

1 庸　降（古音洪。）

2 名（讀如民。）　均

戴震云：「名，讀如民。按名，於廣韻見十四清，均見十八諄，一收鼻音，一收舌齒音。顧炎武云：耕清青韻中，往往讀入眞諄臻韻者，當由方音之不同，未可以為據也。今吳人讀耕清青，皆作眞音。」江有誥云：「此眞耕通韻。」

3	能	古音奴異切。（戴注初稿：古讀若耐。）（態，古音他計切。）	佩	
4	與		莽	古音莫補切。
	序		暮	
	度		路	
5	在	古音且禮切。	茝	古音齒。
6	路		步	
7	隘	古音益。	績	
8	武		怒	
	舍	古音舒呂切。	故	
9	他	古音通何切。	化	古音呼戈切。
10	畝	古音美綺切。	芷	
11	刈		穢	
12	索	古音素。	妒	

13	急	立
14	英（古音央。）	傷
15	蘂	纚
16	服（古音匐。）	則
17	艱（讀如姬，蓋方音。）	替（暜）
18	茝（古音齒。）	悔
19	心	淫
20	錯	度
21	時	態（古音他計切。）
22	然	安
23	詬	厚
24	反	遠
25	息	服（古音匐。）
26	裳	芳

27 離 古音羅。 虧 古音去戈切。

28 荒 章

常 懲 讀如長，蓋方音。

29 予 上聲。取予的予，借爲予我的予，古都讀上聲，後來予我的予，轉入平聲。 野 古音與。

30 節 讀如則，蓋方音。 服 古音匐。

31 情 聽

32 茲 詞

33 縱 巷 古音胡貢切。

34 狐 家 古音姑。

35 忍 隕

36 殃 長

37 差 古音磋。 頗

38 輔 土

39 極　服（古音匐。）
悔　醢（古音虎唯切。）

40 當　浪（音郎。）

41 正（平聲。）　征

42 圃　暮
迫（古音博。）　索（蘇各切。）
江永云：「索，蘇各切。按離騷兩用索字，一與妒韻，音素，蓋方音有異，各隨便用之。」（古韻標準）

43 桑　羊

44 屬　具

45 夜（古音豫。）　御
下（古音戶。）　予（上聲。）
佇　妒
馬（古音莫補切。）　女

46 佩　詒
在（古音且禮切。）　理
47 遷　盤
48 遊　求
49 下（古音戶。）　女
50 好（古音呼口切。）　巧（古音去九切。）
51 可　我
52 遙　姚
53 固　惡（音汚，去聲。）
窋　古

方績云：「先儒謂一字兩聲，各有意義，如惡爲愛惡之義，則去聲，美惡之義，則入聲。顏之推言此音始於葛洪、徐邈。今考漢魏以前，無此音義，凡四聲之分止在發言輕重，非有膠執之見。」（屈子正音）下「孰云察余之善惡」同。

54 占之　慕之

朱熹云：「『占之』『慕之』，兩之字自爲韻。」或以爲「慕」當是「莫念」二字之誤，「占」「念」

於韻同在侵部。

55 女　　女（汝）

字　　惡（音汚，烏路切。）

56 異　　佩

57 當　　芳

58 疑　　之

59 迎（迓）（迓，古音御。）　　故

方績云：「迎必迓字之誤。」

60 同（周）　　調（古音讀如稠。）

段玉裁以爲「同」「調」，古音三部與九部合韻。據孫詒讓說，「同」當係「周」之誤，「周」「調」於韻均在幽部。

61 媒　　疑

62 舉　　輔

63 央　　芳

64 蔽　　折

65	留	茅 古音莫侯切。
66	艾 古音刈。	害 古音胡例切。
67	長	芳
68	幃	祗
69	化 古音呼戈切。	離 古音羅。
70	玆	沫
71	女	下 古音戶。
72	行 古音杭。	粻
73	車 古音居。	疏
74	流	啾
75	極	翼
76	與	予 上聲。
77	待 古音侍以切。	期

78 馳古音徒何切。 蛇古音唐何切。

「蛇」一作「移」。（移，古音尤和切。）

79 邈 樂

80 鄉 行古音杭。

81 都 居

後記

四年前春天，我在臺灣師院講授離騷，那時聽的人程度頗參差不齊，而講授的時間又不能過長，我於是乘寒假的時間，寫了一篇淺明的註解，油印出來，約有數十頁。後來又覺得離騷這篇東西，近四百句，共約二千四百多字，相當的長，如不一氣讀完，往往不能領略整篇的旨趣。難怪有些註家，前後註釋不免矛盾。我爲了要使讀者能澈底了解起見，又用語體寫了一篇譯述。以後把這講義修改了一次，加上一個「離騷淺釋」的名稱，郵寄給友人燕君，請他校閱一番，燕君回信說，這書頗能「深入淺出」，擬替我介紹書店出版。

不料因時局劇變，交通阻斷，我這部稿子也就留在燕君那裏，終于沒有寄回。但我對楚辭的研究，卻並不因此而中斷。每逢下雨沉悶的日子，或閒暇的假期，我便攤書盈案，繼續寫九章各篇的「淺釋」跟「譯述」。

今年春天寫完「九章淺釋」，又寫了一篇「導言」。到了夏天，暑假一開始，又空閒了，我於是根據舊講義將「離騷淺釋」重寫一遍，「譯述」部分修改的地方頗多，自己校對一番，覺得經過一次修改後，已較能令自己滿意了。加上「九章」，我遂定名爲「離騷九章淺釋」。但愛好楚辭的人究竟不多，我的稿子寫成後只得暫時擱在抽屜裏。這情形不僅現在如此。清代蔣驥在他的山帶閣註楚辭後序裏說：

「余……生平詩古文詞時有論撰，經史子集之書，評注者亦不少，率以束於舉業，牽於疾病，未獲成編；獨於離騷，功力頗深，訂詁之外，益以餘論說韻若干卷。今雖訖事已久，然偶覩他書，有與騷相發明者，未嘗不筆而存之。……甲午遊京師，有覩是書者，竊議曰：『方今文教大行，苟從事經籍理學及詩章算術，皆可立致青紫，顧窮年畢精，爲此凶衰不祥之書，奚取焉？』……年來精益消亡，病端蜂起，兼之憂患死喪，腐心摧骨，萬念灰冷，雅不喜爲仙佛之逃，離騷一編，時橫几上，聊以舒憂娛哀云爾。……」

我讀了這篇短序，三復歎息，頗具同感。但轉念現在也還有一些青年，久聞屈原的名兒，又知道離騷是屈原的傑作，只恨自己沒能力把屈原的作品讀懂，那麼我這部「淺釋」對他們也許尚有用處。因了這念頭，我就跟友人商量，決意將它印行。後因出版這種書有不少的困難，只得將離騷一篇抽出，先行問世，「九章淺釋」惟有俟諸異日設法續出了。

本稿在出版之前，承高笏之夏翼天李一飛唐野夫許詩英錢白衣諸位先生，或賜指正，或加鼓勵，或予協助，終使它能印成這本小册子，我在這裏謹向他們深致謝意。

民國四十一年秋，天華記於臺北。

卷二 九歌淺釋

九歌

九歌究竟是誰作的？是不是屈原作的呢？關於這個問題，現在擇要加以述說。後漢王逸云：「昔楚國南郢之邑，沅湘之間，其俗信鬼而好祠，其祠必作歌樂鼓舞以樂諸神。屈原放逐，竄伏其域，懷憂苦毒，愁思沸鬱，出見俗人祭祀之禮，歌舞之樂，其辭鄙陋，因爲作九歌之曲。上陳事神之敬，下見己之冤結，託之以風諫，故其文意不同，章句雜錯，而廣異義焉。」宋朝朱熹加以修正云：「昔楚南郢之邑，沅湘之間，其俗信鬼而好祀，其祀必使巫覡作樂歌舞以娛神。蠻荊陋俗，詞旣鄙俚，而其陰陽人鬼之間，又或不能無褻慢淫荒之雜。原……故頗爲更定其詞，去其泰甚。」又云：「楚俗祠祭之歌，計其間或以陰巫下陽神，或以陽主接陰鬼，則其辭之褻慢淫荒，當有不可道者，故屈原因而文之。」（楚辭辯證上）近人沈德鴻說：「九歌乃沅湘民間流行的頌歌，是神話材料的一部分；不過屈原或曾修改其詞句，並始爲寫定罷了。胡適之先生謂九歌是最古的南方民族文學，是當時湘江民族的宗教舞歌。（見胡適文存二集讀楚辭。）贊成此說者甚多。證以離騷中兩言九歌，（『啓九辯與九歌兮』，又『奏九歌而舞韶兮』。）可信胡說之可成立。但屈原曾加修改而成今本，則亦可信；因爲先民神話之傳至現代者，大抵經過這個階段的。我們不妨斷定九歌是古代南中國的宗教舞歌，含有豐富的神話材料，經屈原寫定而成今形；其中函義，皆屬神話，無關於君臣諷諫或自訴冤結。」（楚辭選讀緒言）姜寅清說：「九歌之詞，王逸以爲屈子創作，而朱熹以爲修訂，意謂其爲改作。兩說實皆推想之詞，而朱言爲近於事實。」（屈原賦校注卷二）按朱熹以爲楚俗舊有歌詞，屈原嫌其鄙俚褻慢，頗爲更定其詞，這比王逸所說的合理多了，可以依從。沈說是王逸和胡適之兩派意見的折中，而跟朱子說是很接近的。姜說也是站在朱子這一邊的。這些楚地祭神歌，當時必定經屈原大加改削潤色，所以詞句才會如此綺麗，不留粗率的痕跡。九歌的內容，沈氏所謂「其中函義，皆屬神話，無關於君臣諷諫」，是很對的。王夫之說：「熟繹篇中之旨，但以頌其所祠之神，而婉娩纏綿，盡巫與主人之敬慕。」王夫之對九歌特多創說，一反王逸、朱子等「冤結」「諷諫」「忠君愛國」之說；以這種態度去解釋九歌，才不致犯矛盾牽附的毛病。

至於九歌的寫定時期，王夫之說：「逸言『沅湘之間』，恐亦非是。九歌應亦懷王時作。……逮後頃襄信讒，徙原於沅湘，則原憂益迫，無閒心及此矣。」大概是在他少壯的時候。

九歌計有十一篇，即㈠東皇太一，㈡雲中君，㈢湘君，㈣湘夫人，㈤大司命，㈥少司命，㈦東君，㈧河伯，㈨山鬼，㈩國殤，(十一)禮魂。朱熹說：「篇名九歌，而實十有一章，蓋不可曉。舊以九爲陽數者，尤爲衍說。今姑闕之，以俟知者，然非義之所急也。」王夫之說「禮魂」是送神曲，前十祀之所通用；近人因此又主張「東皇太一」是迎神曲，中間九篇祀九神，所以叫做九歌。王闓運以爲禮魂蓋迎神之詞，又云每篇之亂，（楚辭釋）其說前後矛盾，殊不足信。又蔣驥引其兄紹孟之說云：「其言九者，以神之類有九而名。兩司命，類也，湘君與夫人，亦類也，神之同類者，所祭之時與地亦同，故其歌合言之。」（楚辭餘論卷上）王邦采亦云：「九章是九篇，九辯是九篇，何獨於九歌而異之？當是湘君湘夫人只作一歌，大司命少司命只作一歌，則九歌仍是九篇耳。」（屈子雜文箋略九歌箋略）這是較舊的說法，亦通。

陳本禮云：「九歌皆楚俗巫覡歌舞祀神之樂曲。周禮春官司巫：『掌巫之政令。』男曰覡，女曰巫。……按九歌之樂，有男巫歌者，有女巫歌者，有巫覡並舞而歌者，有一巫倡而衆巫和者，激楚揚阿，聲音淒楚，所以能動人而感神也。鄭康成曰：『有歌者，有哭者，冀以悲哀感神靈也。』讀九歌者不可以不辨。」（屈辭精義卷五）按鄭康成（玄）云云，見周禮春官女巫注。

王邦采云：「離騷大篇，屈子於君臣之際，言之詳矣，九歌特祀神之樂章耳，自王氏章句以上陳事神之敬，下見己之寃結，託以風諫爲解，後人因之，輒以君臣牽合，至山鬼篇，亦明知義之難通，遂謂以人況君，鬼喩己，而爲鬼媚人之語。……如讀老杜詩，其愛君憂國之念，何嘗不時時流露於篇章，若字字強爲牽合，滿紙葛藤矣。讀九歌何獨不然？徐友雲氏（煥龍）有言曰：九歌非離騷諸篇比，諸篇自寫憂思，無不可以寓言，九歌神將聽之，而專以鳴其不平，是卽慢神。……不然東皇、雲中篇，何又絕無感慨邪？斯言得之矣。」以上所論非常確切，讀九歌者不可不先讀此段指點文字。

【總評】

劉勰曰：「騷經九章，朗麗以哀志；九歌九辯，綺靡以傷情。」（文心雕龍辨騷）

孫鑛（月峯）曰：九歌諸篇，句法稍碎，而特奇陗。在楚騷中最爲精潔。」

何焯（義門）曰：「九歌辭麗而意婉。」

王邦采曰：「九歌之音思以慕，（一千五百五十三言。）天問之音思以荒，九章之音思以激，遠遊之音思以曠。」（屈子雜文序）

東皇太一

太一，是天上的尊神，祀在楚東，所以稱東皇。大概自戰國時奉爲祈福之神，其祀甚隆。史記封禪書：「天神貴者太一。古者天子以春秋祭太一東南郊。」又見漢書郊祀志。本篇描寫主祭者和巫的整齊服飾，以及祭堂的陳設，樂舞的隆盛，以求神下降，頗顯出誠敬肅穆的氣氛。

吉日兮辰良，穆將愉兮上皇。撫長劍兮玉珥，璆鏘鳴兮琳琅。一

「璆」一作「糾」。「鏘」一作「鎗」。

日：謂「甲、乙、丙、丁、戊、己、庚、辛、壬、癸」十干。辰：謂「子、丑、寅、卯、辰、巳、午、未、申、酉、戌、亥」十二支。(據王逸及戴震注。)古人以干支紀日，詳見顧炎武日知錄卷二十及趙翼陔餘叢考干支。王夫之云：「外祀用剛日，內祀用柔日。」一說：辰，時也。(陳第屈宋古音義及王闓運楚辭釋) 辰良：卽良辰，倒詞以協韻。兮：歌之餘聲。孔廣森以爲兮字古當讀阿(詩聲類卷七)，近人或謂相當於現在的「啊」字。穆：敬。愉：樂。音俞(ㄩˊ)。上皇：謂東皇太一。撫：循，按，持。珥：劍柄下端。音餌(ㄦˇ)。璆鏘：玉聲。璆音求(ㄑㄧㄡˊ)，鏘音槍(ㄑㄧㄤ)。史記孔子世家：「環珮玉聲璆然。」禮記玉藻：「古之君子必佩玉，進則揖之，退則揚之，然後玉鏘鳴也。」琳琅：美玉名，謂佩玉。琳音林，琅音郎。 這一節的大意是說：主祭者選擇好日子，齋戒恭敬，帶劍佩玉，以禮事悅樂天神。

瑤席兮玉瑱，盍將把兮瓊芳？蕙肴蒸兮蘭藉，奠桂酒兮椒漿。揚枹兮拊鼓，疏緩節兮安歌，陳竽瑟兮浩倡。二

「瑱」一作「鎮」。「蒸」一作「烝」。「枹」一作「桴」。
瑤：石之次玉者。一云美玉。瑱：以壓神位之席者。音鎮（ㄓㄣˋ。）湘夫人云：「白玉兮爲鎮，」意同。鎮瑱二字古通用。周禮春官天府：「凡國之玉鎮大寶器藏焉。」舊本亦作「瑱」。瑤席玉瑱：言神位之上，以瑤玉爲席，美玉爲瑱。盍：何不。把：持。瓊芳：朱熹云：「草枝可貴如玉，巫所持以舞者。」肴：熟肉帶骨曰肴。蒸：進。藉：薦。在夜切（ㄐㄧㄝˋ）。王逸說：所以藉墊飯食。朱云：「此言以蕙裹肴而進之，又以蘭爲藉也。」奠：置祭。桂酒：切桂投酒中，叫做桂酒。椒漿：以香椒置於漿中，叫做椒漿。周禮天官酒正：「四飲之物，三曰漿。」蕙蘭桂椒，皆取芬芳以饗神。揚：舉。枹：擊鼓槌。音孚（ㄈㄨ）。拊：擊。音府（ㄈㄨˇ）。此下三句歷舉聲歌之盛，以娛樂天神。疏：希。言使曲節希緩，而安音清歌。陳：列。竽：管樂，笙類，有三十六簧。瑟：絃樂，琴類，二十五絃。絃各有柱，可以移動。浩：大。陳本禮云：「浩者，見歌者之衆，竽瑟之多也。」這正是「一巫倡而衆巫和」的情形。王夫之云：「浩，音之盛也。倡與唱通。歌合竽瑟而盛也。」

倡，朱注音昌。

靈偃蹇兮姣服，芳菲菲兮滿堂。五音紛兮繁會，君欣欣兮樂康。三靈：謂巫。（王逸注） 偃蹇：舞貌。 姣：好。音皎（ㄐㄧㄠˇ）。方言：「凡好而輕者謂之姣。」 服：服飾。 朱熹云：「古者巫以降神，神降而託於巫，蓋身則巫而心則神也。」王國維云：「楚辭之靈，殆以巫而兼尸之用者也。其詞謂巫曰靈，謂神亦曰靈。」（宋元戲曲史一） 按古人祭祀時，用生人扮神像，叫做「尸」。王國維說比朱熹的解釋更爲透徹正確，參看雲中君篇「靈連蜷兮既留」下注解。 菲菲：芳貌。 王逸云：「言乃使姣好之巫，被服盛飾，舉足奮袂，偃蹇而舞，芬芳菲菲，盈滿堂室也。」 五音：宮、商、角、徵、羽。 紛：盛貌。 繁：衆。繁會：錯雜。 君：謂東皇。 欣欣：喜貌，和悅貌。 樂：音洛（ㄌㄜˋ）。 康：安。

【評】

林雲銘曰：「此九歌第一篇，其神較之他神，亦第一貴。篇中總是欲致其敬，以承其歡，一意到底。」

戴震曰：「此歌語簡法嚴，以此明其敬肅。」

〔吉日兮辰良〕沈括曰：「吉日辰良，蓋相錯成文，則語勢矯健。如杜子美（甫）詩云：『紅豆啄餘鸚鵡粒，碧梧棲老鳳凰枝。』（秋興）韓退之云：『春與猿吟兮秋鶴與飛。』（柳州羅池廟碑）皆用此體也。」（夢溪筆談卷十四）

〔撫長劍兮玉珥二句〕陳本禮曰：「撫長劍，則如見其形矣；璆鏘鳴，則如聞其聲矣。」

〔蕙肴蒸兮蘭藉二句〕洪邁曰：「二語乃當句對也。」（容齋隨筆續筆卷三）按當句對，謂於一句中自成對偶。

〔芳菲菲兮滿堂〕陳曰：「此則花香人香，一時並豔。」

〔君欣欣兮樂康〕陳曰：「與篇首愉字相應。」

【譯述】選擇了這個好日子，恭恭敬敬地祭祀東皇。手握住長劍的鑲玉劍柄，環佩的聲音玎玎璫璫啊在響。 一

神席上面壓着玉鎮。——你們為什麼不拿草枝起舞啊？用蕙草包了祭肉，下面墊着蘭草，獻上桂酒，擺上椒漿。拿起鼓槌敲鼓，發出了緩慢的清歌；吹着竽，彈着瑟，男巫女巫們一齊高唱。 二

巫穿着漂亮的衣裳，婆娑地舞着，祭堂裏面瀰漫了濃烈的香氣。急管繁絃熱鬧地合奏着，東皇心花怒放，快樂而且安康。 三

雲中君

雲中君，是雲神豐隆。一說，是屏翳。豐隆見於離騷。史記封禪書和漢書郊祀志均有雲中君。本篇是祭祀雲神的樂歌，多描寫雲神的飄忽無定以及贊歎勞思之辭。

浴蘭湯兮沐芳，華采衣兮若英。靈連蜷兮既留，爛昭昭兮未央。　一

蘭：香草。　沐：洗髮。　芳：芳草之通稱。（見戴震音義。）一說：白芷，一名芳香。　華采：五色彩。　若英：猶言如花。　靈：在這裏指神。陳本禮云：「靈謂雲中君。九歌靈字，有指巫言者，如上章『靈偃蹇兮姣服』是也；有指神言者，如此章及東君『靈之來兮蔽日』是也。」可參看王國維說，見上篇注。　連蜷：舊解爲長曲貌，王夫之解爲雲行回環貌，大概用以狀雲卷舒之貌。蜷音拳（ㄑㄩㄢˊ）。　既：已。留：止。蔣驥云：「既留者，雲之在天，行游無定，至於祭所而留滯不前，蓋來享之意也。」　爛：光貌。　昭昭：明貌。　未央：未已，方盛。　這一節是說：巫沐浴芳潔以致神，故神暫留，光爛方盛。（據戴震注。）

英，古音央。

蹇將憺兮壽宮，與日月兮齊光。龍駕兮帝服，聊翺遊兮周章。　二

「齊」一作「爭」。

蹇：發語詞。同謇。　憺：安。徒濫切，音旦（ㄉㄢˋ）。　壽宮：供神之處。　齊：同。

龍駕：謂以龍引車。　帝服：謂所服皆帝者之飾。　聊：且。　翺：翺翔。　周章：猶周流。

這一節是說：欲神安於壽宮，而神乃翺遊將去。（戴注）

靈皇皇兮既降，猋遠舉兮雲中。覽冀州兮有餘，橫四海兮焉窮？思夫君兮太息，極勞心兮𢥞𢥞。　三

「𢥞」一作「忡」。

皇皇：美貌。　降：下。言雲神下降，其貌皇皇而美，且有光明。　猋：去疾貌。音標（ㄅ一ㄠ）。　雲中：謂雲神所居處。　覽：望。　冀州：中國之總名。（蔣驥注）淮南子墜形訓：「正中冀州曰中土。」　有餘：是「所望之遠，不止一州」的意思。　四海：禮記祭義以東海、西海、南海、北海爲四海。爾雅釋地：「九夷、八狄、七戎、六蠻，謂之四海。」　窮：極。言雲神出入奄忽，須臾之間，橫行四海，無有窮極。　夫君：謂雲神。夫音扶（ㄈㄨˊ），猶此也。禮記檀弓上：「夫夫也，爲習於禮者。」　太息：長聲歎氣。　勞：憂。𢥞𢥞：憂心貌。𢥞音沖（ㄔㄨㄥ）。詩召南草蟲：「憂心忡忡。」𢥞，同忡。降，古音洪。

【評】

蔣驥曰：「此篇，皆貌雲之辭。」

何焯（義門）曰：「從雲著想，見縹緲之致。」

〔爛昭昭兮未央〕王夫之曰：「寫雲容入化。」

〔與日月兮齊光〕陸時雍曰：「『與日月兮齊光。』『橫四海兮焉窮。』極贊歎之，極景仰之。」王遠曰：「雲能蔽日月，有時得日月而益絢爛，『日月齊光』，善於頌雲。」

〔橫四海兮焉窮〕戴震曰：「賦雲傑句。」

【譯述】用蘭湯洗了澡，用浸泡香草的熱水洗了頭髮，巫穿着五彩的衣裳，美豔得好像花似的。雲神回環地逗留着，發出明盛燦爛的神光。 一

雲神啊，您將要安詳地蒞臨祭堂，您是和太陽月亮一樣地光明。龍駕着車子，穿着帝王的衣服，您愛到處飄颻遊行。 二

雲神啊，您顯赫地降下了，忽然又馬上遠遠地回到雲裏去。向下面看，可以看見中國以外的地方，您橫跨四海，沒有盡頭。我思念您，不禁嘆息，心裏覺得非常煩惱憂傷。 三

湘君

湘君，和下篇湘夫人，都是湘水之神。史記秦始皇本紀：「二十八年，……浮江，至湘山祠，逢大風，幾不得渡。上問博士曰：『湘君何神？』博士對曰：『聞之，堯女，舜之妻，而葬此。』」大概一般人籠統地說，稱湘水之神只稱湘君；分開來說，帝堯的長女娥皇，爲舜正妃，所以稱湘君，次女女英，爲舜次妃，自應降稱湘夫人。（禮記曲禮：諸侯夫人稱「小君」，則正妃當可稱君。）楚人因爲二妃埋葬在黃陵（今湖南湘陰縣北），就尊奉爲湘水神。其地有廟，叫做黃陵廟，卽史記所云「湘山祠」。（以上據韓愈黃陵廟碑及蔣驥、戴震說。）蔣驥楚辭餘論卷上又云：「二妃死葬江湘，說本秦博士。王叔師（逸）以湘君爲水神，夫人爲二妃；韓退之（愈）以湘君爲娥皇，夫人爲女英。……而韓說爲勝。……今詳文意，仍用韓解焉。」所論非常確切，茲從其說，而略加以會通。

關於祭神的情形，戴震云：「古以巫致神。周禮有男巫、女巫，祭陽神以一男巫爲尸，祭陰神以一女巫爲尸，其餘皆令歌舞。湘君、湘夫人，皆陰神，當用女巫。」又云：「在男曰覡，在女曰巫，巫亦通稱也。」朱熹云：「此篇蓋爲男主事陰神之詞。」朱子和戴震的說法，稍有不同。可能由女巫扮湘君，由男巫迎神，所以有「人神戀愛」的意味。

君不行兮夷猶，蹇誰留兮中洲？美要眇兮宜脩，沛吾乘兮桂舟。令沅湘兮無波，使江水兮安流。 一

「眇」一作「妙」。「宜」上一本有「又」字。

君：謂湘君。夷猶：猶豫，遲疑不決。這句是說：既設祭祀，使巫呼請而未肯來。中洲：卽洲中。水中可居住的地方叫做洲。要眇：好貌。要，去聲。眇，和妙同。脩：

飾。宜脩，是「又宜修飾」的意思。沛：行貌。吾：據戴震注是巫自稱。這篇是巫與神期約，而候之不至，多怨望之辭。桂舟：用桂木造的迎神的船，取香潔的意思。待神不來，故以桂舟往迎。令：使。平聲。這二句是說：希望其沿途平安無阻。沅湘：沅水、湘水。在洞庭南，二水都注入洞庭湖。

望夫君兮未來，吹參差兮誰思？ 二

「未」一作「歸」。「參差」一作「篸差」。夫君：指湘君。夫音扶（ㄈㄨˊ）。參差：舊注說是洞簫，吹之以迎神。風俗通（卷六）說：舜製作簫，其形參差不齊，好像鳳翼，所以叫做參差。按舊注所謂洞簫，是指無底的排簫，（排簫各管都用蠟封其底，管底疏通的叫做洞簫，）不是後來單管的簫，單管的簫古時候叫豎笛。參，初簪切（ㄘㄣ）。差，初宜切（ㄘ）。誰思：是說非思湘君而思誰呢。二句一韻。來，古音釐。

駕飛龍兮北征，邅吾道兮洞庭。薜荔柏兮蕙綢，蓀橈兮蘭旌。望涔陽兮極浦，橫大江兮揚靈。 三

「柏」一作「拍」。「蓀」一作「荃」。「旌」一作「旍」。「蓀橈」上或有「乘」字。

飛龍：湘君所駕。(蔣驥注) 下文「飛龍翩翩」卽承此而言。楚辭餘論卷上云：「湘君以飛龍桂舟對言，駕龍者神也，『飛龍翩翩』，蒙此而言；乘舟者人也，『蓀橈』『桂櫂』，蒙此而言。或以飛龍爲人駕者誤。」 征：行。 邅：轉。張連切(ㄓㄢ)。又池戰切。這二句是說：湘君既北行，巫卽將轉道洞庭湖，又在那裏設祭以招請之。 薜荔：香草。蔓生，常緣木石牆垣，大者叫木蓮。薜，蒲計切(ㄅㄧˋ)。荔音麗(ㄌㄧˋ)。這二句承上面「桂舟」而言。柏：王逸解爲「搏壁」，大概是以薜荔裝飾船頭艙壁。柏，一本作拍，柏、拍並音博。戴震云：「拍，王注云：『搏壁也。』劉成國(熙)釋名(釋牀帳)云：『搏壁，以席搏著壁也。』此謂舟之閤閭(船頭屋)搏壁矣。」 綢：縛束。 蓀：香草。音孫(ㄙㄨㄣ)。似石上菖蒲，而葉無脊。按蓀卽荃，見離騷。 橈：小楫。音饒(ㄖㄠˊ)。方言九：「楫謂之橈，或謂之櫂。」蓀橈，王逸解作「以蓀爲楫櫂」，王闓運楚辭釋認爲不對，說「蓀不可爲楫」，亦甚有理，當解爲用蓀草飾船楫。 蘭旌：以蘭草爲旌旗。旌本是一種以羽毛爲飾的旗。 涔陽：澧州有涔陽浦，在洞庭湖大江之間。(蔣注) 水北叫做陽。涔音岑(ㄘㄣˊ)。 極：遠。 浦：水涯，水濱。風土記：「大水有小口別通曰浦。」 靈：光。(見山海經注) 揚靈：發揚其光靈。(朱注)

揚靈兮未極，女嬋媛兮爲余太息。橫流涕兮潺湲，隱思君兮陫側。 四極：至。靈指神的光靈或威靈，不指主祭者或巫的精誠言。未極：是說神在望而不下降。（陳本禮注） 女：湘君的侍女。這句是恍惚幻想之詞，意思是說：恍若神的侍女，憐我一片誠心，爲我嘆息。 嬋媛：眷戀牽持的意思。 嬋音蟬（ㄔㄢˊ），媛音爰（ㄩㄢˊ）。 橫流涕：涕淚橫流。廣雅釋言：「涕，淚也。」毛傳：「自目曰涕。」 潺湲：流貌。 隱：痛。孟子公孫丑上：「惻隱之心」。 陫側：舊注，陫，隱也。音費（ㄈㄟˋ）。側，不安也。王夫之云：陫側，和悱惻同。

桂櫂兮蘭枻，斲冰兮積雪。采薜荔兮水中，搴芙蓉兮木末。心不同兮媒勞，恩不甚兮輕絕。五

「枻」一作「栧」。

櫂：楫。直教切（ㄓㄠˋ）。 枻：洪注：「楫謂之枻。」王注：「船旁板也。」音曳（ㄧˋ）。按依洪注，和下句意思較連貫。蘇軾赤壁賦：「桂棹兮蘭槳，擊空明兮泝流光。」和此二句略相似。「桂」「蘭」，是取其香的意思。 斲：斫。竹角切（ㄓㄨㄛˊ）。言乘船而遭盛寒，舉其櫂楫，擊冰於積雪之中。（此據蔣注。王注云：「斲斫冰凍，紛然如積雪。」）二句喻：船雖芳潔，事雖辛苦，而難於前進。 采：取。俗字作採。 搴：手取。音蹇。又音牽（ㄑㄧㄢ）。 芙蓉：荷花。 木末：樹梢。二句比喻所求不得。薜荔緣木而生，今採摘於

水中，荷花在水上，今尋求於木末，既非其處，所以用力雖勤，固不可得。心不同：謂心意不相同。甚：厚，深。不甚，意思是疏淺。輕：輕易。絕：離絕。

石瀨兮淺淺，飛龍兮翩翩。交不忠兮怨長，期不信兮告余以不閒。六

石瀨：水激石間，則怒成湍。說文：「瀨，水流沙上也。」瀨音賴（ㄌㄞˋ）。淺淺：流疾貌。淺音箋（ㄐㄧㄢ）。翩翩：飛疾貌。飛龍是湘君所駕，翩翩，是說湘君已經去遠了。奚祿詒（蘇嶺）云：「石湍之水豈足容龍，以比事神之禮薄而神不降也。」（楚辭詳解）畢大琛云：「首句比己力淺。」（離騷九歌釋）交：交友。忠：厚。期：要約，約會。閒音閑（ㄒㄧㄢˊ）。這句是說：期約失信，而託言沒有閒暇以相拒。

鼂騁騖兮江皐，夕弭節兮北渚。鳥次兮屋上，水周兮堂下。七

「鼂」一作「朝」。

鼂：早晨。同朝，陟遙切（ㄓㄠ）。騁：直馳。音逞（ㄔㄥˇ）。騖：亂馳。音務（ㄨˋ）。皐：澤曲，水邊地。音高（ㄍㄠ）。弭節：謂止其行節，意思就是止息。弭，按也，止也。彌耳切（ㄇㄧˇ）。節是行者所執，以爲憑信，有以竹做的。北渚：爾雅釋水：「小洲曰渚。」韓詩章句：「一溢一否曰渚。」北渚，在洞庭之北。渚音煮（ㄓㄨˇ）。次：舍，

止。周：旋，繞。這二句言江邊寥落之景，只見鳥兒和流水而已。

下，古音戶。

捐余玦兮江中，遺余佩兮醴浦。采芳洲兮杜若，將以遺兮下女。旹不可兮再得，聊逍遙兮容與。八

「醴」一作「澧」。「旹」一作「時」。

玦：如環而缺不連。音決（ㄐㄩㄝˊ）。 捐、遺：呂延濟注：「捐、遺，皆置也。」遺，平聲。 醴：通澧，（古書多通用，）澧水出湖南慈利縣西，流注於洞庭湖。 芳洲：香草叢生水中之處。 杜若：葉似薑，味辛香，戴震以爲卽高良薑。 以遺：這個遺字作「與」「贈」解，讀去聲，以醉切（ㄨㄟˋ）。 下女：神的侍女，卽前太息之女。 遺玦置佩，將以贈送湘君，但又不敢顯然致送，故但置之於水濱。然而猶恐不能自達，因侍女曾經對我有同情的心，所以又採芳草以贈她，託她代達。 旹：古時字。 逍遙：遊戲。 容與：閑舒貌。逍遙、容與，皆遊戲閒暇的意思。上句，失望之詞；下句，聊以自解。

【評】

何焯曰：「二篇情致風華，婉曲動人。首尾俱見丰姿秀絕。」

〔君不行兮夷猶〕王夫之曰：「忽然高唱。」

〔桂櫂兮蘭枻二句〕張煥如曰：「文情妙麗。」

〔采薜荔兮水中四句〕是民歌本色，見率眞之情。

〔石瀨兮淺淺二句〕比喻佳妙，音節鏗鏘和諧。

〔鳥次兮屋上二句〕陳本禮曰：「鳥次水周，寫北渚幽潔而僻靜，正享神祭祀之所。」按此二句，寫江邊僻靜淒涼之景如畫。

【譯述】湘君啊，您遲疑不來，究竟爲了誰在洲灘中逗留？打扮得又美麗又潔淨，我們坐着桂木的船去迎神。懇求您使沅水和湘水沒有波浪，讓江水平平穩穩地流呀。一

盼望您您竟不來，我拿起排簫吹着，除了您以外我還會想念誰呢？二

您駕着飛龍往北邊去了，我們把船轉向洞庭湖去迎接。用薜荔裝飾船上的板壁，又纏繞着蕙草；把蓀草縛在船槳上，用蘭草裝成旗子。向遠遠的涔陽浦那邊看，您的靈光在大江上面閃爍。三

您雖然顯出了靈光，可是還未蒞臨祭壇；我彷彿聽到您的侍女爲我關切地嘆息。我的眼淚潸潸地滾流，我想念您，心裏覺得悲痛不安。四

拿起桂木做的槳，木蘭做的楫，敲打凍結的冰雪。比方下水裏採薜荔，上樹頂摘荷花，準保空手回來。兩方面不同心合意，只使媒人徒然勞苦；假如恩情不深，就會容易決絕。五

淺灘上的水奔流着，飛龍翩翩地飛去了。交朋友不忠厚，就會怨恨深長；約定了又失

信，竟對我說沒有空兒。六

早上我在江邊奔馳，傍晚在北邊的沚渚上歇息。鳥兒停歇在屋頂上面，流水圍繞於堂屋下面。七

把我的玉玦拋在江水當中，把我的玉佩擱在澧水岸邊。在香草叢生的洲灘上，我採來杜若，將要送給那個侍女。機會是不可以再得到的，暫且寬心遊戲着等待吧。八

湘夫人

湘夫人，是帝堯的次女女英，大舜的次妃，相傳也是湘水之神。其餘參看湘君篇題解。

帝子降兮北渚，目眇眇兮愁予。嫋嫋兮秋風，洞庭波兮木葉下。一

「予」一作「余」。

帝子：謂湘夫人，因爲是帝堯的次女，所以稱帝子。按古人凡言子者，可以兼男女。（見儀禮喪服傳「故子生三月」注。）眇眇：遠視貌，視而不見貌。開頭二句是恍惚想望之辭。言神彷彿在北渚降下，但未臨祭所，遠望未審，使我生愁。嫋嫋：秋風搖木貌，長弱貌。

嫋音鳥（ㄋㄧㄠˇ）。波：生波。當動詞用。

予，古讀上聲。下，古音戶。

登白薠兮騁望，與佳期兮夕張。鳥何萃兮蘋中，罾何爲兮木上？ 二

「白薠」上原無「登」字，洪興祖輯校：一本此句上有「登」字。今從洪校一本補「登」字。朱熹本、戴震本都有「登」字。「薠」一作「蘋」。「佳」下一本有「人」字。「萃」上原無「何」字，洪校云：一本「萃」上有「何」字。此從洪校一本補「何」字。

白薠：薠草秋生，似莎而大，白的叫做白薠，青的叫做青薠。薠音煩（ㄈㄢˊ）。 騁望：縱目而望，猶極望。 佳：卽佳人，指湘夫人。王逸云：「不敢指斥尊者，故言佳也。」廣雅釋詁二：「佳，好也。」 期：約。 張：陳設。音帳（ㄓㄤˋ）。戴震云：「佳期，猶吉期。本與神爲吉期，故前夕張設，待其來降。」按戴震所謂「前夕張設」，極是；解爲「吉期」，和王逸的說法不同，下文又有「聞佳人兮召予」句，因此可知王逸的解釋較勝，朱子和蔣驥均採王說。 萃：集。音悴（ㄘㄨㄟˋ）。 蘋：水草。又叫做四葉菜。 罾：魚網。 音增（ㄗㄥ）。這二句是因所見而言，鳥不當棲於水蘋中，罾不當施於樹木上，二物所施不得其所，以比夕張之地非神所處，恐神必不能來。

沅有茝兮醴有蘭，思公子兮未敢言。荒忽兮遠望，觀流水兮潺湲。 三

「茝」一作「芷」。「醴」一作「澧」。「荒忽」一作「慌惚」。

茝：即白芷，香草。昌改切（ㄔㄞˇ）。　公子：猶帝子，亦指湘夫人。左傳莊公三十二年有「女公子」之稱。王逸云：「重以卑說尊，故變言公子。」按重，難也。　未敢言：是尊神而怕輕瀆，故不敢出口。　「沅有茝」句是起興，言沅水之中有茂盛的白芷，澧水之內有芬芳的蘭草，異於衆草，以興湘夫人美好，也異於衆人。起興的體例，朱熹說，和越人歌「山有木兮木有枝，心悅君兮君不知」（見說苑善說篇。）相類似。　荒忽：不分明之貌。思極而神情迷亂，所以說荒忽。荒，呼光切（ㄏㄨㄤ），又呼廣切（ㄏㄨㄤˇ）。

麋何食兮庭中，蛟何爲兮水裔？朝馳余馬兮江臯，夕濟兮西澨。　四

「食」一作「爲」。

麋：獸名，形似鹿而大。音眉（ㄇㄧˊ）。　蛟：龍類。　裔：邊。音曳（ㄧˋ）。　麋當在山林而在庭中，蛟當在深淵而在水濱，二句言見物失其居，疑事多不如意。　濟：渡。　澨：水涯。音逝（ㄕˋ）。下二句是說：於是馳江畔，渡西澨，朝夕以求之。

聞佳人兮召予，將騰駕兮偕逝。築室兮水中，葺之兮荷蓋。　五

「荷」上一本有「以」字。

佳人：謂湘夫人。　騰駕：騰馳車馬。　偕：俱。　逝：往。這二句是說：恍若聽到神的使

者召己，欲驅車與他同往。葺：蓋，覆。音緝（ㄑㄧˋ）。蓋：屋蓋。這二句的意思是說：更就水中，聚集衆芳以成室，希望神或能留止。

蓋，古音計。

蓀壁兮紫壇，𦻏芳椒兮成堂。桂棟兮蘭橑，辛夷楣兮葯房。六

「蓀」一作「荃」。「𦻏」一作「播」。「成」一作「盈」。

蓀壁：以蓀草飾室壁。紫壇：累紫貝爲中庭。紫貝，紫質黑文。本草說：貝類極多，紫貝尤爲世所貴重。高誘說：楚人叫中庭做壇。（淮南子說林訓：「腐鼠在壇。」注）𦻏：古番字，本義爲獸足，通借爲播，作「布」解。椒：香木。多實，有芳香。成堂：謂修飾而成堂。儀禮注：「飾治畢爲成。」（士喪禮「獻素獻成亦如之。」）這一句王逸解爲：布香椒於堂上。桂棟：以桂木爲屋中正梁。蘭橑：以木蘭爲屋椽。橑音老（ㄌㄠˇ）。辛夷：樹大合抱，其花初發時，如筆頭，北人叫做木筆。楣：門上橫梁。音眉（ㄇㄟˊ）。葯：白芷葉。音約（ㄩㄝˋ、語音ㄧㄠˋ）。

罔薜荔兮爲帷，擗蕙櫋兮既張。白玉兮爲鎭，疏石蘭兮爲芳。芷葺兮荷屋，繚之兮杜衡。七

「鎮」一作「瑱」。「衡」一作「蘅」。罔：結。同網。帷：帷帳。在旁叫做帷。擗：析。普覓切（ㄆㄧˋ）。櫋：屋檐，檐際木。音綿（ㄇㄧㄢˊ）。張：施，設。王夫之云：「析蕙懸之簷際，如今結綵然。」白玉爲鎮：即東皇太一篇中的「玉瑱」，用以壓席者。疏：布陳。石蘭：香草。蔣驥說就是山蘭。爲芳：疏布其芳氣。芷葺荷屋：是說前用荷葉蓋頂的屋子，又葺以白芷。繚：縛束，纏繞。音了（ㄌㄧㄠˊ）。杜衡：香草，葉似葵，形如馬蹄，俗叫做馬蹄香。衡，古音杭。

合百草兮實庭，建芳馨兮廡門。九嶷繽兮並迎，靈之來兮如雲。 八

「嶷」一作「疑」。

合：聚。百草：謂各種香草。實：滿。馨：香氣遠聞者。廡：廊。音武（ㄨˇ）（蔣驥注）一說：堂下至門謂之庭，檐所覆謂之廡。（戴注）「辛夷楣兮葯房」以上六句，言築室之具；「罔薜荔兮爲帷」四句，言室中所陳設；「芷葺兮荷屋」以下四句，又言室上下四周的裝置。一共十四句，都是鋪敍築室的芳潔。九嶷：山名，大舜所葬處，在漢零陵蒼梧之間，今湖南寧遠縣南。嶷音疑（ㄧˊ）。九嶷亦作九疑，九疑見離騷。迎：未來而往迎之，讀去聲（ㄧㄥˋ）。如雲：是衆多的意思。詩鄭風出其東門：「有女如雲。」以上設言築

室既成，帝舜又派九嶷山的山神來迎之而去。

捐余袂兮江中，遺余褋兮醴浦。搴汀洲兮杜若，將以遺兮遠者。時不可兮驟得，聊逍遙兮容與。九

「醴」一作「澧」。「與」一作「治」。

袂：衣袖。彌蔽切（ㄇㄟˋ）。　褋：單衣。音牒（ㄉㄧㄝˊ）。方言四：「禪衣，江淮南楚之間謂之褋，關之東西謂之禪衣。」　本篇末節和湘君篇略同，捐袂遺褋卽捐玦遺佩之意，然而贈遺玦佩，是尊貴之，贈遺袂褋，是親近之。　汀：平。水際平地。他丁切(ㄊㄧㄥ)。　遠者：猶前篇的「下女」，以其從夫人遠去而言。　驟：王逸解爲「數」，王夫之解爲「屢」。不可屢得，是還希望能夠一遇的意思。按蔣驥解驟爲「疾」，但是九章悲回風云：「驟諫君而不聽兮。」王逸注也說：「數也。」悲回風篇宜解作「數諫」「屢諫」，若解爲「疾諫」就有點說不通了。依屈賦之措辭，本篇當以王解爲佳，蔣說未當。　者，古音渚。

【評】

戴震曰：「此歌與湘君章法同，而構思各別。」

〔帝子降兮北渚四句〕何焯曰：「起筆縹緲，神情欲活。」戴震曰：「寫水波，寫木葉，所

以寫秋風，皆所以寫神不來，冷韻淒然。」陳本禮曰：「此故爲恍惚之筆，以起下文無端之幻想也。眇眇愁予，望之但覺嫋嫋然搖曳而來者，心疑其爲帝子降，而特非也，蓋洞庭風起波生而飄木葉也。」按「嫋嫋兮秋風」二句，寫蕭瑟之況，極清麗自然，九歌寫景之妙，於此可見。謝莊月賦：「洞庭始波，木葉微脫」，卽從此脫胎。

〔沅有茝兮醴有蘭二句〕林沅曰：「『嫋嫋秋風』二句，是寫景之妙，『沅有茝』二句，是寫情之妙。」（附見楚辭燈。）

〔聞佳人兮召予二句〕陳本禮曰：「前是眼中幻像，此乃耳中空音，一『聞』字，一『將』字，全於空中著色。」又曰：「憑空造謊，奇甚。」

【譯述】湘夫人啊，彷彿您在北邊的小洲上面降下了，遠遠的看不清楚，我心裏眞是難過。秋風吹來，洞庭湖上起了微波，樹木搖動着，葉子紛紛地飄落。一

我爬上長着白薠的坡兒，睜大眼睛向遠處瞧瞧。我已經跟您約好了，昨兒黃昏的時候，就先把祭品擺了起來。鳥兒爲什麼飛到蘋草裏，扳罾爲什麼竟在樹上面呢？二

沅水旁邊有白芷喲，澧水旁邊有蘭草喲，我想念您，卻不敢明說。迷迷糊糊地向遠處瞧，只見無情的水潺潺地流着。三

麋鹿爲什麼在院子裏喫東西，蛟龍爲什麼在岸邊淺水裏呢？早上我駕着馬在江邊跑，傍晚過渡到了西岸。四

恍惚間聽見您派人來叫我，我就想驅車跟他同去。我要在水中央造一所房子，用清潔的荷葉蓋屋頂。五

用蓀草裝牆壁，紫貝鋪院子，把香椒散佈在堂上，又用桂木做正梁，木蘭做椽子，拿辛夷木做門楣，用白芷的葉子裝飾房子。六

把薜荔結成帳幔，分擘蕙草掛在簷頭。用白玉做鎮席，散佈着山蘭，使芳香撲鼻。拿白芷遮蓋在荷葉的屋頂上，四周還縛束着杜蘅。七

院子裏種滿了許多的花草，又拿香氣薰人的木頭建造門廊。九嶷山上的神靈卻來迎接您，他們好像雲陣似地紛紛降落。八

把我的衣袖抛到江水當中，把我的單衫擱在澧水岸邊。我在平洲上拔來了杜若，要送給那個就會離開的侍女。機會是不可以常常得到的，暫且寬心遊戲着等待吧。九

大司命

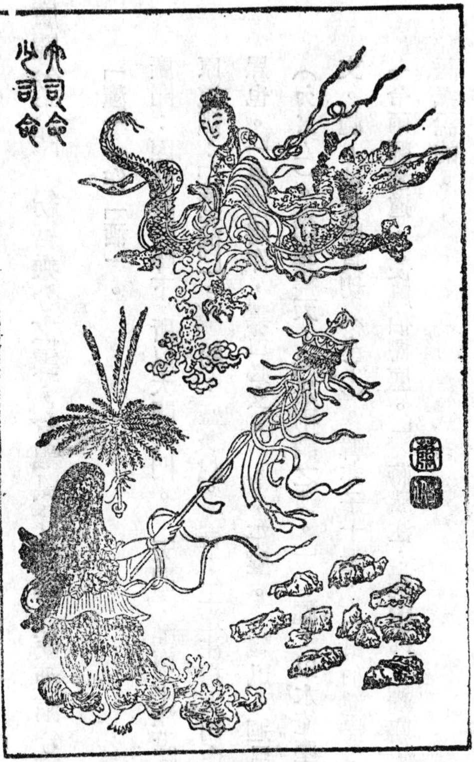

三台星，上台叫做司命，主管壽夭，就是九歌的大司命。又文昌六星，第四星也叫做司命，主管災祥，就是九歌的少司命。以上據朱子和戴震說。欲知其詳，可參看周禮春官大宗伯「司命」疏及史記天官書。本篇是祭祀大司命的樂歌，所以歌辭比較嚴肅。

廣開兮天門，紛吾乘兮玄雲；令飄風兮先驅，使涷雨兮灑塵。一

「灑」一作「洒」。

廣開：因爲神將降下，所以大開天門。　天門：淮南子注說是上帝所居的紫微宮門。(淮南子原道訓：「淪天門」。)　紛：盛多貌。　吾：王逸注指大司命。　玄：黑色。廣雅釋器：「玄，黑也。」風雨將作，雲色必玄。　令，平聲。　飄風：迴風，旋風。　涷雨：暴雨。涷音東(ㄉㄨㄥ)。爾雅釋天：「暴雨謂之涷。」　灑：以水掩塵曰灑，謂以水灑散之也。見通俗文。灑，洪音所買切（ㄙㄚˇ）。韓非子十過：「風伯進掃，雨師灑道。」淮南子原道訓：「令雨師灑道，使風伯掃塵。」　蔣驥注：灑讀洗，灑塵，以清道也。　這一節是就司命的語氣說的。

君迴翔兮以下，踰空桑兮從女。紛總總兮九州，何壽夭兮在予！二

「迴」一作「回」。「以」一作「來」。

君：亦指神。王夫之云：「稱吾稱君，皆神也。自歌者言之稱君，述神之意稱吾。錯舉互見意，故釋者多惑焉。」　迴翔：盤旋貌。　以下：從天門而下降。　踰：越過。　空桑：山名，司命所經過。山海經東山經：「東曰空桑之山。」　女：讀作汝，同汝。朱熹說：君

和女，都指神，君尊而女親。戴震說：這二句的意思是神來而已往從他。總總：衆貌。九州：尚書禹貢所稱九州，是冀、兗、青、徐、揚、荊、豫、梁、雍，周禮夏官職方氏九州，是冀、幽、并、兗、青、揚、荊、豫、雍。史記孟子荀卿列傳載鄒衍所謂大九州，大概就是淮南子墬形訓所謂「東南神州，正南次州，西南戎州，正西弇州，正中冀州，西北台州，正北泲州，東北薄州，正東陽州。」予：王夫之云：「代大司命自稱。」這二句是贊歎司命的威權盛大，因代述神意說：九州人民衆多，他們的壽命長短，其權柄皆在於我。下，古音戶。予，古讀上聲。

高飛兮安翔，乘清氣兮御陰陽。吾與君兮齋速，導帝之兮九坑。 三

「清」一作「精」。「齋」朱本作「齊」。「導」一作「道」。「坑」一作「阬」，文苑作「岡」。高飛安翔：謂高飛徐翔而行。乘：猶乘車。清氣：輕清的氣。御：猶御馬。陰陽：陰主殺，陽主生。（王逸注）言大司命掌管萬民死生之命。吾：贊神者自稱。（王遠說，附見於楚辭評註。）按這裏是巫自稱。齋速：敬疾也；（王闓運楚辭釋）謙愨貌。（戴震以為齋速即禮記玉藻「齊遬」，鄭注：「謙愨貌也。」）導：奉引，導迎。帝：天帝。之：往，適。九坑：九州之山。坑音岡，通岡，意思是「山脊」。九坑即周禮職方氏九州山鎮：會稽、衡山、華山、沂山、岱山、嶽山、醫無閭、霍山、恆山。（洪補注）這二句是說：

已得從明神，奉天帝，而周遊宇內。

靈衣兮被被，玉佩兮陸離。壹陰兮壹陽，衆莫知兮余所爲。四

「被」一作「披」。

被被：長貌。被音披。陸離：美好分散貌，衆盛貌。壹陰壹陽：言一死一生，循環不已。蘇雪林先生說：「陰代表死亡，陽代表生命。」（大司命歌辭的解釋）本節下二句贊神功德，也是代述神意語氣。

被與披同，披，古音坡。離，古音羅。爲，古音譌。

折疏麻兮瑤華，將以遺兮離居。老冉冉兮既極，不寖近兮愈疏。五

「極」一作「終」。「寖」一作「侵」，一作「浸」。「愈」一作「踰」。

疏麻：王逸說是神麻。瑤華：麻花。色白如玉，所以稱瑤華。離居：是說前相從而今離隔，指神而言。蔣驥說，知神不可久留，所以折此麻花，預備作別後的贈遺。冉冉：漸漸。極：至。寖：稍，漸。即蔭切「ㄐㄧㄣˋ」。寖是浸之本字，亦作濅。愈疏：越加疏遠。下二句是向神陳訴，兼寓祈禱延壽的意思。

華，古音敷。

乘龍兮轔轔，高駝兮沖天。結桂枝兮延竚，羌愈思兮愁人。 六

「轔」一作「軨」。「駝」一作「馳」。「沖」一作「翀」。

乘龍：謂以龍駕車。 轔轔：車聲。音鄰（ㄌㄧㄣˊ）。詩秦風車鄰：「有車鄰鄰。」（王逸注引詩作「有車轔轔」，今詩作「鄰鄰」，古文假借字。） 駝：卽馳字。（見離騷「乘騏驥以馳騁」句下洪補注。） 沖：飛而直上。這二句是嘆司命高馳而去，如此急迫。史記滑稽列傳：「一飛沖天。」 延：長，引頸。竚：久立。離騷：「結幽蘭而延佇。」竚同佇。羌：楚人語辭。去羊切（ㄑㄧㄤ）。這句是說：感今別離容易，恐後會困難，所以愈思愈愁。

天，古音他因切。

愁人兮奈何？願若今兮無虧。固人命兮有當，孰離合兮可爲？ 七

奈何：猶言如之何。按奈是俗字，本作柰。 虧：損，歇。這句是說：願此後常如於今承祭的時候，敬意不衰。戴震說：這是欲親近神之辭。 人命有當：是說命有當然（戴注），卽「命不可移」的意思。當，作「合」「應」解。依戴注，當字讀平聲。又當字讀去聲，主也，謂神主之。（蔣注） 孰離合可爲：意思是或離或合，皆有神主管，人不能夠自作自主。

齖，古音柯。

【評】

陸時雍曰：「大司命，何其贊歎之至也。」

〔令飄風兮先驅二句〕想像力極豐富。此與文選應璩與從弟書「風伯掃途，雨師灑道」等句，情趣各異，佳妙則同。

〔紛總總兮九州二句〕贊神威權之盛大，代述神意，語氣一變，頗爲得體。

【譯述】天門大開，我駕着濃密的黑雲從天上降落；我叫旋風在前面吹颳，叫暴雨灑清灰塵。一

神啊，您盤旋着降下了，我越過空桑山去跟隨您。——下界一切人們的壽命長短，大權都操於俺啊！二

您飛騰着，慢慢地翺翔，乘着輕清的氣，主管陰陽生死。我和您又恭敬又迅速，引導天帝到九州的高山上。三

神衣是那麼翩翩長垂，玉佩是那麼衆多好看。——死亡跟生命循環不已，人們不知道俺所管的祕密天機啊。四

我拗來開着白花的神麻，打算送給將要離去的神靈。衰老漸漸地來了，假如不趁機會和您接近，就會更加疏遠了。五

您駕着龍車轔轔地去了，一直往高空馳驅。我紐結桂枝，伸長脖子站着遠看，越想越覺得憂愁。六

使人憂愁喲，如何是好呢？我對您的敬意，要像現在一樣的永遠不衰。人們的命運本來是有一定的，離別或者會面，人力哪裏會有辦法呢？七

少司命

本篇是祭祀少司命的樂歌。少，讀去聲（ㄕㄠˋ）。王夫之云：「大司命統司人之生死，而少司命則司人子嗣之有無，以其所司者嬰稚，故曰少。大則統攝之辭也。」按王夫之的說法，和上篇大司命題解所引戴震說稍異，從本篇「夫人自有兮美子」「竦長劍兮擁幼艾」等句看來，王夫之說也頗有理由，二說可以兼採。司，主也。古人所謂命，原是指窮通夭壽災祥等而言。

秋蘭兮麋蕪，羅生兮堂下。綠葉兮素華，芳菲菲兮襲予。夫人自有兮美子，蓀何以兮愁苦？一

「秋」一作「穐」，下同。「麋」一作「蘪」。「華」原作「枝」，洪興祖校云：「枝」一作

「華」。按「素枝」義不可通，今依洪校一本作「華」。「夫人」句一本作「夫人兮自有美子」。「蓀」一作「荃」，下同。「以」一作「爲」。

麋蕪：香草，小葉，開白花。亦作蘪蕪、蘼蕪。　羅生：言二物並列而生。　菲菲：芳香貌。　襲：及。卽香氣襲人的意思。「綠葉」二句是說：芳草茂盛，吐葉垂花，芳香菲菲，上及於我。　夫人：猶言人人，凡人。夫音扶（ㄈㄨˊ）。　美子：佳子孫。　蓀：香草，謂少司命神。　朱子云：「少司命，亦陽神而少卑者，故爲女巫之言以接之。」　這一節是上四句與起下二句，以香草的羅生，與善類的衆多。是說人人之中，自有佳善子孫，不煩司命憂慮。王夫之云：「芳草生於堂下，喻人之有佳子孫。晉人言芝蘭玉樹，欲其生於庭砌，語本於此。」（見晉書謝安傳。）

下，古音戶。予，古讀上聲。

秋蘭兮青青，綠葉兮紫莖。滿堂兮美人，忽獨與余兮目成。　二

「蘭」下一本有「生」字。

青青：茂盛貌。青音菁（ㄐㄧㄥ）。詩衞風淇奧：「綠竹青青。」　滿堂美人：蔣注：「指與祭之人言。」按指衆女巫。　余：迎神的女巫自稱。　目成：以目定情。成是「結好」的意思，是說神獨對己眉目傳情。　這一節也是上二句與起下二句。

入不言兮出不辭，乘回風兮載雲旗。悲莫悲兮生別離，樂莫樂兮新相知。三

「辭」一作「詞」。

辭：王逸解作「訣辭」，卽訣別之意。辭，別也，見呂氏春秋士節篇注。蔣驥解爲「言辭」。按二說雖不同，而意相近。回風：旋轉的風。雲旗：謂雲捲舒如旗。上二句是說：神初見顧，後乃往來飄忽，入不語言，出不訣別，乘風載雲以離於我。生別離：洪補注：「樂府有生別離，出於此。」新相知：王逸注：「言天下之樂，莫大於男女始相知之時也。」下二句是說：是故生別的悲傷，新知的快樂，交集於心中。

離，古音羅。

荷衣兮蕙帶，儵而來兮忽而逝。夕宿兮帝郊，君誰須兮雲之際？四

「儵」一作「倏」。「來」一作「徠」。

荷衣蕙帶：這是說司命神被服香潔。儵：疾。音叔（ㄕㄨˋ）。同倏。忽：速貌。這句是說神往來奄忽，難相逢值。莊子應帝王篇成玄英疏：「儵爲有，忽爲無。」簡文帝云：「儵忽，取神速爲名。」帝：謂天帝。須：待。際：邊，畔。這句的意思是說：司命遲留雲際，不知等候誰人，然猶希望其或等待自己。蔣驥云：「遲留雲際，猶似有情，曰誰須者，妒之

又幸之也。」

帶，古音帝。

〔與女遊兮九河，衝風至兮水揚波。〕

古本沒有這二句，王逸也沒有注釋。洪補注云：「此二句，河伯章中語也。」戴震云：「蓋因河伯文衍誤。」當依據洪等諸家之說，刪去這兩句。

與女沐兮咸池。晞女髮兮陽之阿。望美人兮未來，臨風怳兮浩歌。 五

「咸池」一作「咸之池」。「美」一作「孅」。

女：讀作汝，同汝。下句同。 咸池：王逸注：「蓋天池也。」咸池又見離騷。 晞：乾。音希（ㄒㄧ）。詩小雅湛露：「匪陽不晞。」阿：曲隅，曲陵。音痾（ㄜ）。陽阿：猶尚書堯典裏的「暘谷」，以日出之方名之。（戴注）淮南子天文訓：「日出于暘谷，浴于咸池。」上二句，是想望之詞。 美人：謂司命。（王逸注） 怳：失意貌。許往切（ㄏㄨㄤˇ）。 浩：大。浩歌：大聲長歌。 下二句是說：神竟不來，所以失意而長歌，以寄其思。歌，即謂這首歌。戴注初稿云：「詩『作爲此詩』（小雅巷伯），『作此好歌』（小雅何人斯），皆于篇內言之。」

池，古音徒河切，又音它。

孔蓋兮翠旍，登九天兮撫彗星。竦長劍兮擁幼艾，蓀獨宜兮爲民正。六

「旍」一作「旌」。「竦」一作「慫」。

這一節是贊美神的歌詞。孔蓋：以孔雀尾作車蓋。翠旍：以翡翠羽爲旌旗。旍同旌，音精（ㄐㄧㄥ）。九天：謂九重天。天問：「圜則九重，孰營度之？……九天之際，安放安屬？」九天又見離騷。撫：按止。彗星：妖星。其尾引長如掃帚，又叫做掃星，俗叫做掃帚星，以喻凶惡。彗，祥歲切（ㄏㄨㄟˋ）。此言按撫之，使不爲災害。竦：執，立。音悚（ㄙㄨㄥˇ）。若「竦」作「慫」，則解爲挺拔。擁：護。幼艾：猶少艾。艾，美好也，以比善人。孟子萬章上：「知好色則慕少艾。」戰國策趙策三：「乃與幼艾。」正：平。

這句的意思是說：司命能誅除邪惡，擁護良善，所以宜爲人民之平正者。

正，平聲。

【評】

蔣驥曰：「大司命之辭肅，少司命之辭昵，尊卑之等也。」

〔秋蘭兮麋蕪〕王夫之曰：「入手卽高吟動人。」陳本禮曰：「突然而起。」

〔秋蘭兮青青二句〕王夫之曰：「似承上而非承上，閒句。」

〔滿堂兮美人二句〕露而不舍，造語殊別致。

〔悲莫悲兮生別離二句〕王遠曰：「於離後追想目成之日，倍覺難堪。」按二語感情率眞熱烈，此乃民間祭歌之特點。

〔孔蓋兮翠旍四句〕此節贊神誅惡護善，詞句莊麗。

【譯述】秋天的蘭草和小葉的蘼蕪，遍生在祭堂的下面。葉子綠油油的，開着白花，濃烈的香氣陣陣撲鼻。人們當中自然有善良的子孫，少司命神啊，您何必憂愁勞苦呢？ 一

秋天的蘭草多麼茂盛，青綠的葉子喲，襯着紫色的梗兒。滿堂都是美女，您卻只向我瞅着，對我有意啊。 二

您進來的時候不說話，出去的時候不打招呼，您乘着旋風去了，以雲當做旗子。沒有比活着別離更悲傷的，沒有比新近結交更快樂的呀。 三

您穿着荷葉做的衣裳，縛着蕙草做的帶子，忽然來了，忽然又去了。傍晚在天國的郊外歇息，您究竟在雲端等誰呢？ 四

我想要跟您在咸池洗頭髮，在暘谷把頭髮曬乾。我盼望您，您竟不來，我灰心失意，對着風大聲唱歌。 五

用孔雀尾做車蓋喲，用翡翠羽裝飾旗子，您登上九重天啊鎭壓那掃帚星。您擎起長劍，保護幼小善良的人，少司命神啊，您眞是人們的公正的裁判者。 六

東君

東君，是太陽神。禮記祭義篇云：「祭日於壇，祭月於坎。」又云：「祭日於東，祭月於西。」史記封禪書：「晉巫祠五帝、東君、雲中、司命之屬。」廣雅釋天：「朱明、曜靈、東君，日也。」本篇所述樂舞的情形，即是迎日神的典禮。

暾將出兮東方，照吾檻兮扶桑。撫余馬兮安驅，夜晈晈兮既明。 一

「晈」一作「皎」。

暾：日將出時光明溫暖之貌。音吞（ㄊㄨㄣ）。 吾：謂日。 檻：闌檻，欄杆。音艦（ㄐㄧㄢˋ、又ㄎㄢˇ）。 扶桑：神木，日出其下。見離騷。王逸說：日出下浴於湯谷，上拂其扶桑，日以扶桑爲舍檻，故曰「照吾檻兮扶桑」。 余：謂日。 撫：按。 安：徐。晈：明。晈字从日，與皎同。洪補注云：「此言日之將出，羲和御之，安驅徐行，使幽昧之夜，晈晈而復明也。」

明，古音茫。

駕龍輈兮乘雷，載雲旗兮委蛇。長太息兮將上，心低佪兮顧懷。羌聲色兮娛人，觀者憺兮忘歸。 二

「委」一作「逶」。「蛇」一作「虵」。「低」一作「俳」，一作「儃」。「聲色」一作「色聲」。

龍輈：輈，車轅（駕車之木），一木形曲。音舟（ㄓㄡ）。龍形曲似之，故以爲車轅。方言：「轅，楚韓之閒謂之輈。」 乘雷：雷氣轉似輪，故以爲車輪。（朱注據淮南子原道訓注。）王邦采云：「乘雷，日輪發動如雷。」（屈子雜文箋略） 載雲旗：言日之初升，霞光上燦如

雲旗。委蛇：長貌，旗披拂貌。音萎夷（ㄨㄟ ㄧˊ）。太息：猶歎息，歎氣。上：升。低佪：疑不卽進貌。「長太息」二句是說：日將自扶桑上升，似徘徊歎息，眷念其所居。林雲銘云：「日將升時，必盤旋良久，而後忽上。」王邦采云：「海隅日出，少吐復吞，間以潮聲，如聞太息，欲上不上，如有所低佪，而顧懷者數四，然後一躍，如火毬之懸。……」按王邦采這段說明，可使讀者易於體會「長太息將上」二句寫日欲上時遲回的情狀。羌：楚人語辭。去羊切（ㄑㄧㄤ）。娛：樂。憺：安。戴震初稿云：「集注以撫余馬，乘雷車皆指迎日者言，王注以聲色娛人，亦指日言，皆非是。」「羌聲色」二句是說：日神自下而上，於是作樂舞以迎接他，聲音容色那麼美盛，使觀者安然喜樂，久而忘歸。下節乃詳述樂舞的情形。（據戴注。）

蛇，叶音夷，蓋方音。懷，古音回。

緪瑟兮交鼓，簫鐘兮瑤簴，鳴鷈兮吹竽，思靈保兮賢姱。翾飛兮翠曾，展詩兮會舞。應律兮合節，靈之來兮蔽日。 三

「緪」一作「縆」。「簫」一作「蕭」，容齋續筆引一本作「撨」。「鷈」一作「篪」。

緪：急張絃。音更（ㄍㄥ）。交鼓：對擊鼓。簫鐘：擊鐘。洪邁云：「洪慶善（興祖）注楚辭九歌東君篇『簫鐘兮瑤簴』，云：簫鐘者，取二樂聲之相應者互奏之。既鏤板，置于墳

庵，一蜀客過而見之，曰：『一本簫作攡，（王念孫引作　，）廣韻訓爲擊也，蓋是擊鐘，正與緪瑟爲對耳。』慶善謝而亟改之。」（容齋續筆卷十五注　難）按蕭、簫、攡、攡，古字通。瑤簴：簴，懸鐘格。音巨（ㄐㄩˋ）。王念孫云：「瑤讀爲搖，搖，動也。招魂曰：『鏗鍾搖簴。』王注曰，『鏗，撞也，搖，動也。』文選張銑注曰，『言擊鍾則搖動其格也。』義與此同，作瑤者借字耳。緪瑟以下三句，皆相對爲文，若以瑤爲美玉，則與上下文不類矣。」（讀書雜志餘編下）按補注謂瑤簴，以美玉爲飾，非是，當從王念孫說，言擊鐘甚用力，以致懸鐘之格爲之動搖。篪：樂器名，竹製，長一尺四寸，橫吹。音池（ㄔˊ）。思：發語詞。詩大雅文王：「思皇多士。」毛傳：「思，辭也。」靈保：猶詩經裏的「神保」（小雅楚茨），指扮神的巫，卽尸。姱：好貌。翾：飛貌。音喧（ㄒㄩㄢ）。翠：翠鳥。曾：舉。音增（ㄗㄥ）。和翶通。廣雅釋詁：「翶、翥、……飛也。」這句狀舞容，是說衆巫起舞輕巧，如翠鳥的飛舉。　展詩：猶陳詩。詩指歌詞。　會舞：猶合舞。　應律：應，讀去聲（ㄧㄥˋ），應和之意。律，謂十二律。（黃鐘、大呂、太蔟、夾鐘、姑洗、仲呂、蕤賓、林鐘、夷則、南呂、無射、應鐘。）　節：音樂的節奏。這句是說：歌舞與音樂相應。　靈來蔽日：這是說日神喜悅，於是來下，從者衆多，日光若反爲所遮蔽。

本節上六句一韻，下二句一韻。姱，古音枯。節，古音資悉切，音卽。

青雲衣兮白霓裳，舉長矢兮射天狼，操余弧兮反淪降，援北斗兮酌桂漿。撰余轡兮高駝翔，杳冥冥兮以東行。　四

「射」一作「䠶」。「駝」一作「馳」，一無此字。「以東」一無「以」字。

這一節是頌讚日神的歌詞，用神自稱的語氣而言。衣裳：古時上面的衣服叫做衣，下面的叫做裳。霓：色較淡的副虹，說文謂或偶作白色。「雲霓」見離騷。長矢：矢就是箭。王邦采云：日光如矢，無遠不射，故曰長矢。射：以箭射物舊讀入聲，食亦切，音石(ㄕˊ)。天狼：星名。晉書天文志：「狼一星，在東井南，主侵掠。」操：持。倉刀切(ㄘㄠ)。余：代東君自稱。弧：又為星名。音胡(ㄏㄨˊ)。說文：「弧，木弓也。」晉書天文志：「弧九星，在狼東南，天弓也，主備盜賊。」史記天官書注(正義)：「弧九星，在狼東南，天之弓也；弧矢向狼。」說文通訓定聲：「弧矢九星，在天狼一巨星之左，形似張弓發矢，故以為名。」反：還。淪：沒。降：下。淪降，謂日西沉。「操余弧」句是說：日神誅惡以後，復將西落。援：引。音爰(ㄩㄢˊ)。北斗：星名，共七星，其形似酒器。詩大雅行葦：「酌以大斗。」斗，酒器也。小雅大東：「維北有斗，不可以挹酒漿。」酌：斟酒。桂漿：猶東皇太一篇的「桂酒」。這句以喻日神施德布澤於下界人民。撰：定，持。駝：即馳字。杳：深。冥：幽。杳冥冥東行：陳本禮云：「日輪西

墜，繞地一週，東行又將復旦也。」

行，古音杭。

【評】

陸時雍曰：「日皜皜而不可親也，備聲色以娛之，極贊歎以仰之而已。」

〔暾將出兮東方四句〕寫日之將出，由暗轉明，景象極壯偉。

〔緪瑟兮交鼓六句〕寫迎日神樂舞入妙，正以見其樂之盛而巫之豔也。

〔青雲衣兮白霓裳四句〕此歌頌日神誅惡除暴，施德布澤之功，首二句尤爲奇麗。

〔杳冥冥兮以東行〕本篇首尾韻意相照應，音節洪亮莊嚴。

【譯述】我將要從東方出來，光芒照着房子外面的欄杆——扶桑神木。勒着我的馬，慢慢地駕車，黑夜變成了光明的白天。 一

以龍做車轅，以雷做輪子，隆隆地響着；以雲當做旗子，飄揚披拂着。太陽神啊，您徘徊留戀着，好像發出歎息的聲音，終於升上來了。音樂和妙舞多迷人喲，使得旁觀的人竟忘了回去。 二

彈着扭緊了絃的瑟，兩人擂着鼓，用力敲鐘，連鐘架都搖動了；篪和竽吹着，聲調特別悠揚。扮裝神的靈巫眞是美好啊。女巫男巫們合舞着，好像翡翠鳥在飛翔，一邊唱歌，歌聲和諧，舞步合着拍子。太陽神啊，您降下了，旁邊圍繞一羣小神，陽光都給遮住了。 三

穿了青雲的上衣，白霓的下裳，我舉起長箭射那殘暴的天狼，拿着我的天弓，將要向西方沉落，取下北斗傾倒芬芳的桂酒。拉着繮繩，在空中馳驅，從幽暗的地底下我又轉向東邊進行。

四

河伯

河伯，就是河神。伯，是其爵號。莊子秋水篇：「河伯欣然自喜。」釋文云：「河伯，姓馮名夷，一名冰夷，一名馮遲。」按馮夷見莊子大宗師篇，冰夷見山海經海內北經，淮南子原道訓又作馮遲。辭通云：「馮字古讀如憑，故又叚作冰，音相近。」本篇是祭河神的樂歌。

王夫之云：「楚昭王有疾，卜曰：『河爲祟』。昭王謂非其境內山川，弗祀焉。（見左傳哀公六年。）昭王能以禮正祀典，故已之，而楚固嘗祀之矣，民間亦相蒙僭祭，遙望而祀之，序所謂『信鬼而好祠』也。」

與女遊兮九河，衝風起兮橫波。乘水車兮荷蓋，駕兩龍兮驂螭。——

一本「橫」上有「水」字。一本「螭」上有「白」字。

女：讀作汝，同汝。下同。九河：據爾雅釋水，就是徒駭、太史、馬頰、覆鬴、胡蘇、簡、絜、鉤盤、鬲津。尙書禹貢：「九河既道。」衝風：王注：「衝，隧也。」詩大雅桑柔：「大風有隧。」呂延濟云：「衝風，暴風也。」林雲銘云：「衝風，打頭風也。」橫：不順。水波橫生之意。水車：車之激水而行者。（蔣驥注）荷蓋：以荷葉爲車蓋。驂：馬在旁曰驂。音參（ㄘㄢ）。螭：如龍而色黃。丑知切（ㄔ）。朱熹說：這篇爲女巫之詞，女（汝）指河伯。按這一節首二句設言和河伯始交，便遇到風浪的險阻。下二句是說，河伯乘水車，駕龍螭，杳然而去。王夫之云：「河伯之神，寓於有象而無形，於波浪橫生時想像見之。」

螭，古音癡戈切。

登崑崙兮四望，心飛揚兮浩蕩。日將暮兮悵忘歸，惟極浦兮寤懷。 二

崙崑：山名，河源所從出。山海經海內西經：「崑崙之墟，在西北，……百神之所在。」 心飛揚：謂心意飄揚。 浩蕩：志放貌，無定之貌。 暮：本作莫，俗作暮。 悵：失志，失意。 惟：語辭。（戴震音義） 極浦：指河之極浦。極，當「遠」解；浦，水濱。 寤懷：謂中心驚覺而復愁思。寤，當「覺醒」解；懷，當「思念」解。 這一節的意思是說：崑崙山是河發源處，在那裏或者可以一遇河伯，於是登而四望，無所適從，惆悵歎息，日暮忘歸；又念河伯水神，仍當求之於遠浦。

本節上二句一韻，下二句一韻。懷，古音回。

魚鱗屋兮龍堂，紫貝闕兮朱宮。靈何爲兮水中？ 三

「朱宮」文苑作「珠宮」。

「魚鱗屋」二句是想像河伯的居所。 魚鱗屋：謂以魚鱗蓋屋。 龍堂：王逸說是堂畫蛟龍之文，朱熹說是以龍鱗爲堂，按朱說較佳。 紫貝：紫質黑文，貝類之貴者。參閱湘夫人篇「紫壇」句及注釋。 闕：門觀（門兩旁可遠望的臺）。朱宮：王逸說：朱丹其宮。（即以朱塗宮之意。）洪興祖引文苑作「珠宮」，王夫之說：朱與珠通。王邦采說：朱當作珠。按

「珠宮」和「貝闕」對文，意義較佳，當從後說。河伯是水神，故以魚鱗龍鱗珠貝之類造宮室。靈何爲兮水中：靈，謂河伯。這是歎其居水中而欲招之的意思。

乘白黿兮逐文魚，與女遊兮河之渚，流澌紛兮將來下。四

一無「文」字。

白黿：黿，大鼈。音元（ㄩㄢˊ）。白色是其類之異者。　逐：從。　文魚：有斑彩的魚。山海經中山經：「雎水東南流注于江，其中多文魚。」又西山經：「觀水多文鰩魚，狀如鯉魚，魚身而鳥翼。」　渚：水邊，水涯。　流澌：王逸云：「解冰也。」澌，音斯（ㄙ），冰解散也。洪云：「從仌者，流冰也；從水者，水盡也。此當從仌（冫）。」這節的意思和第一節相近，甚言相見艱難而分別容易；流冰紛然驟至，故不能久留。

下，古音戶。

子交手兮東行，送美人兮南浦。波滔滔兮來迎，魚隣隣兮媵予。五

一本「子」上有「與」字。「隣」一作「鱗」。

這一節是送神之詞。子、美人：都指河伯。子是尊敬的稱呼，美人是親昵的稱呼。以上據蔣驥注。蔣驥楚辭餘論卷上又云：「少司命『望美人兮未來』，河伯『送美人兮南浦』，美人

皆指神言。集註誤泥美人謂男悅女之辭，因設爲女巫以當之，而以望與送皆屬之神。不知詩云『誰侜予美』（陳風防有鵲巢），又曰『予美亡此』（唐風葛生），美人固男女相悅之通稱也。離騷之美人遲暮，九章之思美人，集註固明言其託意於君矣，獨不可託意於神乎？謂巫以美人自稱，旣爲非體，且神自輕別，而更怨人之不來，歌以送神，而反述神之送己，其爲乖謬，豈俟辨哉？」蔣氏這種說法，用以解釋九歌各篇，無不貫通，所以特錄於此，以供讀者參考。　交手：握手爲別。朱熹說：古人將別時，則相執手，以見不忍遠隔的意思，晉宋間猶如此。　東行：順流而東，承上節「流澌」言。莊子秋水篇：「河伯……順流而東行。」　南浦：浦，水濱。以在大河的南邊，故云南浦。　滔滔：水流貌。滔音叨（ㄊㄠ）。詩小雅四月：「滔滔江漢。」　隣隣：衆多貌。洪引一本「隣」作「鱗」，鱗鱗，比次貌。　媵：送，從。音孕，以證切（ㄧㄥˋ）。媵予：王逸釋爲魚侍從而送我。　末二句的意思是說：波自迎神而去，魚若送我而歸。因爲魚常逆水而上，所以波如來迎，魚若相送。（據王邦采箋略。）

【評】

本節是間句韻法。行，古音杭。迎，古音昂。予，古讀上聲。

〔與女遊兮九河〕陳本禮曰：「衝口而出，極寫欲見情迫。」

〔衝風起兮橫波〕陳曰：「出門便遇風阻，見不得與遊之兆。」

〔心飛揚兮浩蕩〕陳曰：「四字寫盡『望』字神理。」

〔乘水車兮荷蓋，……魚鱗屋兮龍堂，紫貝闕兮朱宮〕此數句，鋪敍河伯之水車及居處極逼眞。

〔送美人兮南浦〕洪興祖曰：「江淹別賦云，『送君南浦，傷如之何！』蓋用此語。」

〔波滔滔兮來迎二句〕寫別時之景況，妙極。洪曰：「杜子美（發潭州）詩云：『岸花飛送客，檣燕語留人。』亦此意。」蔣驥曰：「言此以壯別時之色而寄其情。」

【譯述】我想跟您在九河遊戲，偏偏颳着打頭風，掀起了波浪。您乘着水車，車蓋是用荷葉做的，兩條龍和螭在前面拉着。一

我爬上崑崙山向四面看呀，心神飄蕩，不知道到哪裏好。快到傍晚了，眞覺得失望，竟忘了回去，我忽然又想念着那遠遠的水濱。二

您以魚鱗蓋屋子，以龍鱗蓋廳堂，用紫貝造門觀，用珍珠裝飾宮殿。河伯啊，您爲什麼居住在水裏呢？三

乘着白色的大鼈，追逐有斑紋的魚，我跟着您在河邊遊戲，突然，流冰紛紛地沖瀉下來。四

我們握手分別，您要到東方去，我送您到南邊水濱。波浪滾滾地來迎接您，魚兒成羣地送我回去。五

山鬼

山鬼，是山裏的靈怪。莊子達生篇：「山有夔。」注云：「狀如鼓而一足。」淮南子氾論訓：「山出梟陽。」注云：「梟陽，山精也，人形長大，面黑色，身有毛，足反踵，見人而笑。」蓋即國語魯語所謂「木石之怪」。漢書地理志下：「楚地信巫鬼，重淫祀。」王夫之云：「今俗謂山獠（按亦作山魈）能富人，故貪夫事之。」楚人祭山鬼，其目的總不外乎求財祈福之類吧。

本篇的解釋，異說頗多。朱熹云：「以上諸篇，皆爲人慕神之詞，以見臣愛君之意；此篇鬼陰而賤，不可比君，故以人況君，鬼喻己，而爲鬼媚人之語也。」這個說法殊嫌穿鑿。關於這篇，我覺得蔣驥的見解最好，他說：「山鬼篇，近惟林西仲本（林雲銘楚辭燈），亦以爲人語，但其以子稱鬼，以靈脩稱神，以公子稱人，以君稱楚王，條例極繁；故謂始而思鬼，中而思神，終而思人，首尾衡決，而自幽篁以下，與祭鬼本旨，都無關會。不知靈敏也，脩美也，本相悅之通稱，而君與公，亦爾我相謂之常，何獨靳於所祭之鬼乎？其他謬說，又不勝辨也。」（餘論卷上）我這篇譯釋，以王逸、蔣驥二家爲主，王、蔣二家之說有窒礙處，則採他家說，或以己意，酌加補充，務使前後貫通，而且訓詁有據。這篇稿子改易了好幾次，乃始寫定。

若有人兮山之阿，被薜荔兮帶女羅。旣含睇兮又宜笑，子慕予兮善窈窕。一

「羅」一作「蘿」。「善」一作「譱」。

有人：謂山鬼。山鬼彷彿似人，所以說「若有人」。阿：曲隅。音痾（ㄜ）。大概是山若鬼所居的地方。薜荔：緣木而生，亦蔓生於牆石上，葉卵形，花小。亦名木蓮，見本草草部。（薜荔本屬常綠灌木，但因蔓生，故古人謂爲草）。薜荔已見湘君篇。女羅（蘿）：就是

松蘿，色青，蔓生於松樹上。（據戴震通釋。）這一句是說：山鬼以薜荔爲衣服，以松蘿做帶子。睇：傾視。南楚語。音弟（ㄉㄧˋ）。含睇：猶微盼。宜笑：言其模樣愉悅可親。山海經海內南經：「梟陽……人面長脣，黑身有毛，反踵，見人笑亦笑。」亦見淮南子注，參看本篇題解。子：謂山鬼。（王逸注）慕：愛羨，思慕。予：蔣注說指祭者，按當是巫自稱。善：美，良。窈窕：幽閒，好貌。詩周南關雎：「窈窕淑女。」窈音杳（ㄧㄠˇ）。窕，徒了切（ㄊㄧㄠˇ）。

本節四句，上二句一韻，下二句一韻。

乘赤豹兮從文狸，辛夷車兮結桂旗，被石蘭兮帶杜衡，折芳馨兮遺所思。余處幽篁兮終不見天，路險難兮獨後來。二

「狸」一作「貍」。「衡」一作「蘅」。

赤豹：豹毛赤而有黑圓斑的，叫做赤豹。從，隨行。才用切，去聲（ㄗㄨㄥˋ）。文狸：「狸」洪引一本作「貍」，貍是正字，狸是俗字。里之切（ㄌㄧˊ）。貍毛黃黑斑紋相雜，所以叫做文貍（狸）。辛夷：香木，又叫做木筆。石蘭、杜衡：都是香草。石蘭，就是山蘭。杜衡，俗叫做馬蹄香。遺：贈。讀去聲（ㄨㄟˋ）。「乘赤豹」四句，是形容山鬼遠赴祭所，乘駕山獸，車旗香潔，又復披以石蘭，束以杜衡，修飾衆香，更持贈芳馨之物，以

取悅於人。余：王逸和戴震注均指山鬼而言。按「余」字，是代山鬼自稱。大司命及東君篇中咸有此例。幽：深。篁：竹叢。音皇（ㄏㄨㄤˊ）。不見天：因此起身晚。路險難：所以到達遲。

來，古音釐。

表獨立兮山之上，雲容容兮而在下。杳冥冥兮羌晝晦，東風飄兮神靈雨。留靈脩兮憺忘歸，歲既晏兮孰華予？三

「飄」一作「飄飄」。

表：獨立之貌。容容：雲出貌。雲反在下，是說所處甚高。杳：深。冥：幽。羌：楚人語辭。晝晦：晦，暗也。這句是說：雲氣深厚，其下雖白晝猶昏暗。飄：風貌。詩檜風匪風：「匪風飄兮。」神靈雨：言山鬼的精靈至而雨下。（蔣注）山海經大荒東經：「流波山有獸名夔，似牛，蒼身無角，一足，出入則必風雨。」又中山經：「光山多木神，人身龍首，出入有飄風暴雨。」大概就是此類怪物。靈脩：謂山鬼。（蔣注）憺：安。憺忘歸：是說相遇的快樂。晏：晚。歲晏：是說年紀衰老。孰：誰。華予：使我榮華，令我光寵。

下，古音戶。予，古讀上聲。

采三秀兮於山閒，石磊磊兮葛蔓蔓。怨公子兮悵忘歸，君思我兮不得閒。四

此以下三節，是山鬼已去，而爲離憂之辭。　三秀：謂芝草。芝草一年三花，所以叫做三秀。　磊磊：衆石貌，積石貌。音壘（ㄌㄟˇ）。　葛：多年生蔓草。　蔓蔓：葛貌。蔓，平聲，莫干切（ㄇㄢˊ）。芝草可以延年益壽，周旋山間，採求不得，只見山石和葛草而已，二句暗示山鬼已經不在了。　公子、君：所思人的通稱，都指山鬼。或曰：五岳視三公，山鬼，山之所出，故曰公子。（蔣注）　上「閒」字俗作間，下「閒」字音閑（ㄒㄧㄢˊ）。末句是說：或許君雖思念我，而不得閒暇嗎？

山中人兮芳杜若，飲石泉兮蔭松柏；君思我兮然疑作。五

山中人：人自謂。　按指巫。　杜若：香草，即高良薑。已見湘君篇。這二句是說：人在山中，取杜若以爲芬芳，飲石罅間的泉水，處松柏的蔭下，以香潔自修飾，有所期待。林雲銘云：「杜若取其芳，石泉取其潔，松柏取其貞。」　然：信。疑：不信。作：起。這句的意思是說：繼而望之不來，不能必定其思我與否，於是疑信交作。

柏，古音博。

靁塡塡兮雨冥冥，猨啾啾兮狖夜鳴，風颯颯兮木蕭蕭，思公子兮徒離憂。六

「靁」一作「雷」。「狖」原作「又」，洪興祖校云：「又」一作「狖」。按當從洪校一本作「狖」。文選亦作「狖」。「蕭蕭」文苑作「搜搜」。

戴云：「三章(節)之次：始望其來，曰：意者君思我而不得閒乎？繼望之不來，則莫必其思我，而疑信交作也；終望之甚，曰：徒我思君，如此離憂耳。」

靁：雷本字。塡塡：雷聲。塡音田(ㄊㄧㄢˊ)。冥冥：雨貌。猨：同猿，本作蝯，長臂性緩。狖：似猨，仰鼻長尾。音又(ㄧㄡˋ)。啾啾：猿聲，小聲。啾音揫(ㄐㄧㄡ)。颯颯：風聲。蘇合切(ㄙㄚ)。 蕭蕭：風木搖動聲，落葉聲。 徒：但。 離憂：戴注初稿解爲「離別憂擾」。文選劉良注，離作「罹」「遭」解，亦通。

本節上二句一韻，下二句一韻。蕭，古音修。

【評】

洪興祖曰：「山鬼無形，其情狀難知，故含睇宜笑，以喻姱美，乘豹從狸，以譬猛烈，辛夷杜衡，以況芬芳，不一而足也。」又曰：「河伯云，『乘白黿兮逐文魚』，山鬼云，『乘赤豹兮從文狸』，各以其類也。」

畢大琛曰：「左傳鄭人相驚以伯有篇(昭公七年)起用剛筆，山鬼篇起用柔筆，皆善寫鬼者。」

〔被薜荔兮帶女羅〕遙寫鬼衣鬼帶，甚妙。

〔杳冥冥兮羌晝晦二句〕陳本禮曰：「寫鬼景亦妙。」

〔靁塡塡兮雨冥冥三句〕王遠曰：「備寫鬼趣，悽緊動人。」陳曰：「較『東風飄兮神靈雨』更淒慘。」

【譯述】好像有人在山坳裏，披着薜荔的衣裳，縛着松蘿的帶子。您斜着眼睛看，向人親熱地笑，您喜歡我的善良文靜的樣子呀。 一

您駕着赤豹，有斑紋的野貍在後面跟隨；用辛夷木做車子，紐結桂枝做旗子；披着山蘭，又縛着杜蘅，摘了芬芳的花草要送給所想念的人兒。——我住在幽暗的竹林裏，老是看不見天空啊，山路又崎嶇險惡，所以來得最遲。 二

您獨自站在高山上，雲在下面飄蕩瀰漫。白天變得那麼暗沉沉的，東風颳着，山靈來了，雨跟着下了。我要留住您，想到跟您在一起心裏就舒服，竟忘了回去；等到年老了，誰還會使我光榮呢？ 三

我在山上採摘靈芝草，只看見亂石磊磊，葛草徧生着。我對您又怨恨又失望，竟忘了回去；我又想也許您還是思念我，只是沒有空兒吧。 四

我在這山裏面，拿杜若把自己裝飾得香噴噴的，喝着石縫裏流出來的清泉，在松柏樹陰下歇息。您是不是還思念我呢？我眞是半信半疑呀。 五

雷聲隆隆地響着，暴雨潺潺地落着。已經是夜晚了，猴子啾啾地在叫。風瑟瑟地颳，樹木發出淅淅索索的聲音。我想念您呀，空使自己憂愁。 六

國殤

在外而死者叫做殤，又無主的鬼叫做殤。殤音傷(ㄕㄤ)。釋名釋喪制：「殤，傷也，可哀傷也。」國殤，謂死於國事者。本篇是祭爲國戰死的將士的樂歌。全篇均爲七字句，情調悲壯。

操吳戈兮被犀甲，車錯轂兮短兵接。旌蔽日兮敵若雲，矢交墜兮士爭先。一

「吳戈」一作「吾科」。「墜」一作「隧」。（補注：「隧與墜同」）。

此節敍述開始作戰的情形。 操：持。倉刀切（ㄘㄠ）。 吳戈：戈是平頭戟，吳人工爲之，故云吳戈。若考工記所謂「吳粵之劍」。（蔣驥注） 王注云：或曰操吾科。吾科是盾名。今從蔣說。 犀甲：犀牛皮製的戰甲。考工記「犀甲壽百年。」 荀子議兵篇：「楚人鮫革犀兕以爲甲，鞈如金石。」 這句是說：戰士開始從軍，手持平頭戟，身披犀皮鎧甲而行。 錯：交。 轂：車輪中心的圓木。音轂（ㄍㄨˇ）。 短兵：謂刀劍。這句是說：兩軍戰車相迫，輪轂交錯，長兵不便施用，故用刀劍以相接擊。司馬法云：「弓矢圍，殳矛守，戈戟助。凡五兵，長以衞短，短以救長。」 旌蔽日敵若雲：這句形容敵人的衆多。 矢交墜士爭先：謂兩軍相射，流矢交墮，壯士奮勇搶先殺敵。

本節上二句一韻，下二句一韻。甲，古音古協切，音頰。

凌余陣兮躐余行，左驂殪兮右刃傷。霾兩輪兮縶四馬，援玉枹兮擊鳴鼓。天時墜兮威靈怒，嚴殺盡兮棄原壄。二

「躐」一作「蹋」。「霾」一作「埋」。「枹」一作「桴」。「墜」一作「隧」，文苑作「懟」。

此節敍述戰敗的情形。　凌：犯。　陣：戰陣。陣，當作陳，俗作陣。顏之推云：「六韜有天陳、地陳、人陳、雲鳥之陳，左傳有魚麗之陳（見桓公五年），行陳之義，取於陳列耳，俗作阜傍車，非也。」（顏氏家訓書證篇）　躐：踐。音獵（ㄌㄧㄝˋ）。行：行伍。音杭（ㄏㄤˊ）。這句是說：敵人勢盛，侵犯我陣地，踐踏我行伍。驂：一車四馬，當中二匹馬叫做服，兩旁二匹馬叫做驂，亦叫做騑。　殪：死。音意（ㄧˋ）。刃：刀口，刀堅。王逸云：「左驂馬死，右騑馬被刃創也。」　霾：同埋。　縶：絆。音執（ㄓˊ）。這句是說：車輪陷沒土中，四馬都被牽絆，不能跑動。　援：引。　枹：擊鼓槌。音孚（ㄈㄨ）。玉枹：飾以玉的擊鼓槌。引槌擊鼓，以壯軍威。左傳成公二年：「郤克傷於矢，左并轡，右援枹而鼓。」墜：失落。天時墜：是失去天時，不爲天所佑的意思。墜，洪引文苑作懟，懟，怨也，音隊（ㄉㄨㄟˋ）。按上言「天時」，下言「墜」，意思比較連貫，原本作「墜」較善，今仍從舊本。　威靈：謂鬼神。　嚴殺：朱熹云：「嚴，威也。嚴殺，猶言鏖戰（苦戰）痛殺也。」王邦采云：「降嚴厲之殺，我軍殲盡。」按二說意相近，言戰士皆被殺殆盡。　壄：古野字。本節上二句一韻，下四句一韻。行，古音杭。馬，古音莫補切，音姥。怒，上聲。壄（野），古音與。

出不入兮往不反，平原忽兮路超遠。帶長劍兮挾秦弓，首身離兮心不懲。誠既勇兮

又以武，終剛強兮不可凌。身既死兮神以靈，子魂魄兮爲鬼雄。三

「忽兮路」一作「路兮忽」。「首身」一作「首雖」。「子魂魄」一作「魂魄毅」。

此節首二句傷弔戰死者，以下贊嘆其英勇，並且以明設祀的用意。出不入往不反：這是說出國門而不入，往戰場而不返，有進無退。忽：猶言荒忽，空曠無邊際。超：遠。這句是說：身棄平原，神魂欲歸，而離家道路遼遠。挾：夾持。音協（ㄒㄧㄝˊ）。秦弓：洪興祖云：「漢書地理志(下)云：秦地迫近戎狄，以射獵爲先。又秦有南山檀柘，可爲弓幹。」這句是說：身死猶帶劍持弓，不捨棄武器。懲：懲創，懲戒。音澄（ㄔㄥˊ）。這句是說：雖頭身分離而死，心終不悔。誠：實，信。勇、武、剛、強：畢大琛云：「勇以氣言，武以技言，剛以心言，強以力言。」（離騷九歌釋） 靈：謂有威靈。神以靈，就是精神不滅的意思。 魂魄：謂死者的神靈。 爲鬼雄：是說死後長爲鬼中的雄傑。

本節上二句一韻，下六句一韻。弓，古音肱。雄，古音蠅，羽陵切。

【評】

陸時雍曰：「國殤，字字干戈，語語劍戟，左旋右轉，眞有步伐止齊之象。帶長劍兮挾秦弓，首雖離兮心不懲，鬼何其雄！」

〔旌蔽日兮敵若雲二句〕王邦采曰：「兩軍接戰之初，寫得如火如電。」

〔霾兩輪兮縶四馬二句〕朱軾(可亭)曰：「於敗北中，寫出生氣。」

〔首雖(身)離兮心不懲〕戴震曰：「有此造句，纔能壯其武厲。」陳本禮曰：「生氣不泯，猶賈餘勇。」

【譯述】拿起吳人製的長戈，披上犀牛皮做的鎧甲上戰場；兩方戰車相接觸的時候，用刀和劍啊砍刺廝殺。旌旗遮住了太陽的光線，敵人好像雲陣似的湧過來；亂箭紛紛地飛迸，戰士們爭先恐後，奮不顧身。一

敵人攻陷了我們的陣地，踐踏我們的隊伍，戰車左邊的馬死了，右邊的也受了刀傷；兩個輪子陷沒在泥土裏，四匹馬絆住都跑不動了；拿起鑲嵌玉的鼓槌兒，鼕鼕地擂着鼓，振作士氣。失掉了天時，神靈大大地發怒，無數被殘殺的屍體丟在原野上。二

一出去就再不回來，廣闊無邊的平原，離開家道路遙遠。義士們殉難了，還掛着長劍，拿着秦人製的強弓，頭跟身體雖然分開了，心裏毫不懊悔。義士們啊實在既然是勇敢，又有武藝，更是剛猛堅強，不可侵犯。身體犧牲了，精神可永遠不滅，您諸位的魂魄啊，成爲羣鬼中的英雄。三

禮魂

禮魂，舊注謂以禮善終者。「禮」一本作「祀」。王夫之云：「凡前十章，皆各以其所祀之神而歌之，此章乃前十祀之所通用，而言終古無絕，則送神之曲也。魂亦神也。」按王夫之說甚是，舊注未妥。王邦采云：「此祠祀將畢而歌以送神之詞，樂之卒章，猶曲之尾聲也。」王邦采的說法跟夫之說略同，可以兼採。

成禮兮會鼓，傳芭兮代舞，姱女倡兮容與。春蘭兮秋菊，長無絕兮終古！一

「成」一作「盛」。「芭」一作「巴」。「與」一作「治」。「菊」一作「鞠」。

成禮：謂祭祀將完畢。成，畢也，備也。　會鼓：謂合樂。五音沒有鼓不和，衆樂齊作，以鼓爲主，所以說會鼓。　芭：音巴（ㄅㄚ）。王逸解爲巫所持之香草，洪補注引巴蕉釋之；（見漢書司馬相如傳注。）戴云：花之初秀曰芭。按數說亦可以兼採。　傳芭：謂巫持芭而舞，舞訖復傳與他人。王夫之云：「傳芭，或今催花送酒之類。」　代：更，迭。林雲銘云：「持花相傳，而更代以舞。」　姱女：謂女巫。姱，好貌。音夸（ㄎㄨㄚ）。　倡：同唱。容與：謂舞有態度，舒徐貌。　春蘭：卽山蘭，又叫做草蘭，春日開花。這句是說：春祠以蘭，秋祠以菊。朱熹云：「卽所傳之芭（葩）也。」補注：「古語云：『春蘭秋菊，各一時之秀也。』」　終古：猶永久。這句的意思是說：祀典長存，永不廢斷。

【譯述】祭禮將完了，擂着鼓，樂聲齊響；美麗的女巫們啊，傳遞着鮮花，一邊唱歌，輪流慢舞。春祭用山蘭，秋祭用菊花，永遠不會間斷啊！一

九歌韻讀

㊀所注古音，大抵依據戴震屈原賦音義。
㊁凡方音字旁加「·」爲記。
㊂凡相協韻的字，依篇中次序排列，每節一行，上加數字，以明韻部不同（起韻或轉韻處）。

東皇太一

1 良　皇　琅
芳　漿　倡（音昌。）
堂　康

雲中君

1 芳 英（古音央。） 央

光 章

2 降（古音洪。） 中 窮 ⿰忄蟲

湘君

1 猶 洲 脩 流

2 來（古音釐。） 思 舟

3 征 庭 旌 靈

4 極 息 側

5 枻（戴震音曳。陳第音洩。） 雪 末 絕

6 淺（平聲。馬其昶云：古音箋。） 翩 閒

7 渚 下（古音戶。）

浦 女 與

湘夫人

1 渚 予（上聲。） 下（古音戶。）

予我的予，和取予的予，古都讀上聲，後來予我的予，讀平聲。

2 望 張 上
3 蘭 言 湲
4 裔 澨
逝 蓋（古音計。）
5 堂 房
張 芳 衡（古音杭。）
6 門 雲
7 浦 者（古音渚。章與切。） 與

大司命

1 門 雲 塵
2 下（古音戶。） 女（汝） 予（上聲。）
3 翔 陽 坑（岡）（補注）

戴震云：「阬，古音康。九阬蓋猶九野。」（洪校云：「坑」一作「阬」。）

4 被 (披)披，古音鋪戈切。音坡。
5 華 古音敷。
6 轔
7 何
1 蕪 江云：上聲。
2 青
3 辭
5 帶 古音帶。馬氏音帝。
6 池 古音徒河切。江氏音它。
7 旍
1 方

離 古音羅。
居
天 古音他因切。
虧 古音去戈切。音柯。
少司命
下 古音戶。
莖
旗
逝
阿
星
東君
桑

爲 古音譌。
疏
人
爲 古音譌。
予 上聲。
成
4 離 古音羅。
際
歌
正 平聲。音征。
明 古音茫。

苦
知

2 雷　蛇（江云：叶音夷。戴云：蓋方音。）　懷（古音回。）　歸

戚學標云：「蛇正讀徒和反，斂音則入夷。」

3 鼓　簫　竽　姱（古音枯。江氏音戶。）　舞　4 節（古音資悉切。江氏音卽。）　日

江有誥云：「姱：枯、戶、互三音。」

5 裳　狼　漿　翔　行（古音杭。）

河伯

1 河　波　螭（古音癡戈切。江氏音拖。）

2 望　蕩　3 歸　懷（古音回。）

4 宮　中

5 魚（江云：上聲。）　渚　下（古音戶。）

浦　予（上聲。）

戴震（初稿）云：「此章間句韻法，行與迎韻。」行，古音杭。迎，古音昂。

山鬼

1 阿　羅　2 笑　窕

3 狸
旗
思
來 古音釐。

4 下 古音戶。
雨
予 上聲。

5 閒
蔓 江云：平聲。
閒

6 若
柏 古音博。
作

7 冥
鳴
8 蕭 古音修。
憂

國殤

1 甲 古音古協切。江氏音頰。
接
2 雲
先 江氏音詵。

3 行 古音杭。
傷
4 馬
鼓
怒 江云：上聲。
壄（野）古音與。江氏音字。

5 反
遠
6 弓 古音肱。
懲
凌
雄 古音蠅。馬氏音羽陵反。

禮魂

1 鼓
舞
與
古

後記

獨自靜坐，常會覺得空虛寂寥。雖則古人說，「著書心苦」；但是窮愁坎坷或者憤世不平的人，往往也會著書，想藉此減少無聊苦悶。理學家朱熹，晚年罷了官，他所推崇的道學被斥爲僞學，因而有所感慨而注離騷；戴震因爲家裏沒米，一天只喫兩頓麵，關起門來寫成一部屈原賦注；蔣驥困於疾病，舒憂娛哀的辦法，就靠寫山帶閣註楚辭；陳本禮老年閑居，常常黎明即起，啜苦茗數碗，薑一片，寫他的屈辭精義。我對於這幾位學者，眞是心嚮往之，所以在空閒枯寂的時候，也就翻檢以前所搜集的資料，深思探索，繼續寫我的楚辭淺釋。

九歌淺釋的初稿是在民國四十八四十九年之間寫的，曾經逐期發表於中國語文月刊，可是這初稿非常簡略，原因是月刊的編者主張應簡明通俗，不要引經據典，而且限於篇幅，不可過長。這次的改定稿，許多部分是重新寫過的，體裁也不一樣，引證比較詳細，以明白爲限度。

改寫這稿子時，使我想起一二件往事。

大概在四十七年的冬天，我要找一些較僻的參考書，常到南港中央研究院去，那裏的藏書相當豐富，但是不准借出。我帶了瞻遠或新芙去，幫我抄錄。那間閱覽室裏寒氣逼人，我的腿被凍壞了，後來竟痛了幾個月才好；書卻抄了不少來，很有用處。這事何以特別提起，爲的是我這書出版以後，在海外的瞻遠、新芙也許可以看到，而讓她們稱功論賞吧。

另一件事是：當我在趕寫初稿的時候，正好過年，因爲要避客人的打擾，躲在一間斗室裏，坐在床上寫稿。偶然翻翻舊日記，還翻到這一則記載。那股傻勁兒，現在再也沒有了。

九歌都是短篇，字數雖少，但是箋注並不容易，各家的意見有很多出入。林雲銘說：「集註（朱子）既闢前註之非，而不自知其謬尤甚，眞不可解。」見仁見知，各人的觀點不同，本難一律。我對於名家的詮釋，以爲雖不當盡棄，亦不可盡信，這樣才能有利而無弊。我這本淺釋，固然是廣採衆說，也難免羼入主觀的成分。如果讀者不存什麼成見，以擇善棄疵的態度來看這本小書，那就使我覺得非常欣幸了。

五十六年秋，寫於臺北。

卷三　九章淺釋

自　序

這部楚辭九章淺釋的稿子，在離騷淺釋出版的時候，早已寫好了，擱在抽屜裏，有一點空兒，才拿出來修改，斷斷續續一直改了四年。這四年來，因爲自己懶惰成性，對楚辭的研究，簡直沒有什麼進步。只是對於楚辭方面有的主張比以前更加確定些，這一點，從主觀來批評，或許可以說自己的見解比較成熟了些，可是倘若從別人看來，也許倒會被笑爲固執成見了。

近代有幾位研究楚辭的名家，或從林雲銘的楚辭燈得到一些啟示，或從蔣驥的山帶閣註楚辭採擷異說考證，加以發揮，都很有成績，影響也相當大。但是對於劉向的記述卻不重視。我以爲關於屈原的生平和放逐的次數、地點等，除掉屈原的作品本身以外，劉向的新序所述是非常重要的，這意見，我在離騷淺釋的導言裏已經提到，現在還是沒有改變，並且又增加了幾點理由。後人往往因爲史記的屈原列傳敍事偶有淩亂的地方，以致對司馬遷的敍述發生懷疑，又以爲劉向生於司馬遷以後，新序所述無非抄襲史記的文章，其實這種觀點是很不公平的。劉向雖然比司馬遷遲生數十年，但是他對於屈原作品的研究功夫要比司馬遷深得多。我的理由有三點：

㈠劉向是漢楚元王交四世孫，對於楚地的文獻自然特別注意。

㈡司馬遷只是一個史學家，散文家，不長於辭賦。據无謝量說：今所傳司馬遷賦一篇，不及揚雄司馬相如遠甚。（中國六大文豪卷六）劉向就不然，他是一個散文家，又是一個辭賦家。他的九歎就是為了追念屈原而作，自然，他應該是熟讀屈原的作品的。又據王逸說，楚辭十六卷，（九歎在內，）是劉向所編的。因此我們可以知道劉向對楚辭的研究比司馬遷深，對屈原的生平的記載也應當比司馬遷正確。

㈢劉向曾經在天祿閣校讎書籍，看到了許多祕本孤本的書。他博采載籍，寫成新序十卷。四庫全書提要說：「所載皆春秋戰國秦漢間事，大抵採百家傳記，以類相從，故頗與春秋內外傳、戰國策、太史公書互相出入。」可見新序並不是全抄史記。史記的屈原列傳敍事不清楚，（司馬遷常常貫串舊文以成篇，有時會有這缺點。後人因此懷疑屈原列傳為偽作，那是太過分了。）劉向在新序節士篇加以修正，就比較連貫而且清楚多了。劉向的修正必定有其他書籍作為依據，尤其是關於他所崇拜的屈原，怎麼會馬虎呢？後人把這樣珍貴的資料跟史記屈原列傳相提並論，甚至於認為不過是删潤史記舊文罷了，眞未免可惜。

我在這部九章淺釋中，關於屈原放逐的次數跟地點，以及九章各篇的先後次序，都以劉向的新序所述爲主，輔以王夫之林雲銘蔣驥方晞原（戴震屈原賦注所引）諸家的意見，間或雜以自己的見解，跟離騷淺釋的導言大致相同，使各篇的敍事，互相銜接，沒有衝突。

楚辭的注釋，如劉安班固賈逵的舊注，早已遺失。（僅見於後人所引。）現存舊注最通行的，要算後漢王逸的楚辭章句，宋朝洪興祖的楚辭補注，和朱熹的楚辭集注三種。王逸的注釋固然有疏謬的地方，可是它的切當而且詳盡處往往也是他家所不能及的。李善注文選，於楚騷全採王逸注，不能不說他有眼光。例如九章哀郢篇云：

「過夏首而西浮兮，

顧龍門而不見。」

「西浮」兩個字，自王逸到戴震五六家，解釋各不相同。平心而論，諸說當中，還是王逸說於義最安。蔣驥先採林雲銘說，他的餘論中又並存王逸說，可見蔣氏後來對於林說已經起了懷疑了。下面哀郢篇注釋已經詳細論及，這裏不必贅述了。

洪興祖的補注，對王注多所疏通考證，並且頗有發明，可以補正王注的疏失。洪氏又得蘇軾歐陽修孫莘老諸前輩校本，輯存舊校，附在補注本中，尤其是珍貴的材料。朱熹雖然對於王洪二家的注釋還有不滿意的地方，認爲未得意旨，可是對於他們的訓詁，也承認已經詳盡，所以朱子稱自己的楚辭集注爲「集王洪騷注」。至於朱子的楚辭集注的長處，是簡明扼要，前後貫通，最便初學的人。朱子注解古書，都有這個特點，所以能夠流行最廣遠，不是沒有原因的。

我上面的這些話，或許頗有「抱殘守缺」的嫌疑，其實我的本意只是要說明：這三種最通行的舊注是非常重要的楚辭注釋書，是後來研究楚辭的人所不可缺少的資料。此外唐宋以後的諸注家，尤其是清代和近代，也有許多創解或訂正，自然同樣地不容忽視。我以為舊注去古未遠，精確順當的，應該採取，新說創解發明，為前人所不及的，也應該兼收。只問訓詁正確不正確，意義連貫不連貫，古今的界限可以不管，最要緊的是能夠探得作者的本意，勿加以誤解或曲解。這是我寫楚辭淺釋的基本態度。

本書的「譯述」部分最費我的腦筋，想符合原意，又怕文字生硬，要顧到文字流利，又怕失掉原意，眞是喫力不討好的工作。友人夏翼天兄常常慫恿我多譯，他說：把古代的詩用近代的散文翻譯出來，這工作很值得做，因為對讀者很方便。據他所知道，在英國就有好多這一類的書。他勸我把屈原的作品全部譯成白話，可是我怕自己的譯筆拙劣，寫得太慢，不會完成這項工作，孤負了他的一片好意呢。

孟子說：「頌其詩，讀其書，不知其人可乎？」我們要澈底了解屈原的作品，就非了解他的為人不可。自從班固批評屈原「露才揚己」，顏之推又加上一句「顯暴君過」，後來有些人就誤認屈原是一個器量很狹愛發牢騷的文人。其實屈原懷着忠君愛國的熱情，受了羣小的撥弄，終於見疏放逐，失志愁思，於是作辭賦諷諫，希望楚王能夠覺悟。又想效法彭咸，以死諫作「孤注一擲」。他雖然決心死諫，卻還沒有馬上實行，直至楚襄王二十一年以後，秦兵的威脅日大，郢都陷落，江南卽將被秦兵所佔領，日暮途窮，才投入汨羅江自殺。洪興祖所謂「其志先定，非一時忿懟而自沈」，眞能說出屈子的苦心。司馬遷引劉安離騷傳說：

「推此志也，雖與日月爭光可也。」

實在不是過分的稱讚。陳澧東塾讀書記說：

「朱子……又爲楚辭集注，推重屈宋，此宜以晚年爲定論者也。」

朱熹雖然是一個理學家，晚年還能夠「推重屈宋」，「不敢直以詞人之賦視之」（楚辭集注序），他的見解比班固輩要高明得多。屈原的作品所以沈雄悲壯，傳誦千載，是建造在他的崇高偉大的人格上面啊。

今年二三月間，我就想寫一篇比較長的序文，綜述這幾年來我對於楚辭的見解，可是一直拖宕着，沒有動筆。現在這部楚辭九章淺釋已經付排了，這篇序也就不得不趕快寫。本來似乎有好多的意見要說的，等到拿起筆來，卻不免感到空洞，原來蘊藏在心裏的意思竟打了許多折扣。這幾天的天氣又非常熱，身體碰着椅子都覺得發燙，頭昏腦悶，勉勉強強地拉雜寫了兩千多字，暫且充作序文，將來假如有機會，或許再來補充一點，不過究竟能夠不能夠這樣做可難說了。

民國四十五年七月八日，天華寫於臺北。

九 章

九章，屈原作。朱熹云：「屈原……隨事感觸，輒形於聲，後人輯之，得其九章，合爲一卷，非必出於一時之言也。」（楚辭集注）按朱說非常精確，「九章」的名稱當是後人所加，並不是屈原自己所定的。但朱熹所謂「後人輯之」，沒有說明在什麼時代。史記只提到「哀郢」「懷沙之賦」等篇，還沒有說到「九章」這篇名。劉向的九歎憂苦章云：「歎離騷以揚意兮，猶未殫於九章。」據此，大概在西漢元成之際，才有了「九章」的篇名。王逸解釋九章說：「章者，著也，明也，言己所陳忠信之道甚著明也。」殊嫌迂曲。九章的「章」字，應當從朱說解釋爲篇章才合。九章各篇的次序，依照現在所傳劉向輯王逸注的楚辭本子如下：㈠惜誦，㈡涉江，㈢哀郢，㈣抽思，㈤懷沙，㈥思美人，㈦惜往日，㈧橘頌，㈨悲回風。朱子既然提出九章不作於一個時期這問題，到了明清人黃文煥、林雲銘、蔣驥、方晞原等就討論得更加詳細，有的把九章的次序重新排定，有的分列各篇創作的時期，打破了王逸的九章全數作於江南的說法。不過諸家的見解並不能全部使人滿意，須待後人修正的地方也還不少，我現在參考各家的意見，間用己意，又證以各篇裏面有關的材料，將九章的次序重加排定，列在下面：

㈠橘頌　早期作品。
㈡惜誦　被疏失位後作。
㈢抽思　謫居漢北時作。
㈣思美人　以下各篇都是襄王三年以後放逐江南時所作。
㈤悲回風
㈥哀郢　襄王廿一年作。
㈦涉江
㈧懷沙　死前不久作。
㈨惜往日　絕命詞。

我所持的理由分別見於九章各篇的題解跟離騷淺釋導言中，這裏不再贅述。

惜誦

這篇以首句頭兩字爲篇名，末尾有「願曾思而遠身」句，大約是屈原在懷王朝被疏失位後所作。

「惜誦」一作「惜論」，非是。

惜誦以致愍兮，發憤以抒情。所非忠而言之兮，指蒼天以爲正。

「抒」原作「杼」，朱熹本作「抒」，此從朱本。「所非忠」原作「所作忠」，洪興祖校云：「作」一作「非」。按當從一本作「非」，「非」「作」形近而誤。

惜：痛。誦：言。惜誦：痛惜其君而誦言之。致：極。愍：憂。音敏（ㄇㄧㄣˇ）。兮：歌之餘聲。憤：懣。抒：泄。讀如紓上聲，又音佇。（國音念ㄕㄨ。）所：誓詞。忠：中心爲忠。正：平。這是說願上指靑天使爲我平正。

【譯述】提到這一切眞使我痛心，只好靠着寫辭賦來發洩滿肚子的怨憤。我說的話假如有不出於內心的，我可以指着靑天替我作證。

令五帝以析中兮，戒六神與嚮服；俾山川以備御兮，命咎繇使聽直。

「枏中」一本作「折中」。史記孔子世家索隱引亦作「折中」。按「枏」和「析」同，「析」「折」古又同字。「與嚮服」一作「以鄉服」。「命」一作「會」。「使」一作「以」。五帝：五方（東、南、西、北、中）之帝。折（枏）中：謂事理有不同者，執其兩端而折其中。中，舊讀陟仲切，去聲。按王先謙漢書補注（貢禹傳）謂中當讀本音。（國音念ㄓㄨㄥ。）六神：日、月、星、水旱、四時、寒暑。一說：星、辰、風伯、雨師、司中、司命。一說：天、地、四時。嚮：對。服：事。謂對質其事理。俾：使。山川：謂山川之神。御：侍。這是說備侍在列。咎繇（卽皋陶，均讀ㄍㄠ一ㄠ）：舜士師。聽直：聽其詞之曲直。服，古音匐。

【譯述】我還要叫五帝來說句公平話，叫日月等六神來評判；叫山神水神也來參加，叫皋陶細聽我陳說道理。

竭忠誠以事君兮，反離羣而贅肬。忘儇媚以背衆兮，待明君其知之。

贅肬：瘤腫。儇：慧。許緣切（ㄒㄩㄢ）。媚：謂媚態。肬，古音云其切。

【譯述】我盡忠服事國王，竟被小人們排斥，把我看作沒用的贅瘤。我捨棄了投機取巧，違背了一般人，等待着賢明的國王賞識我。

言與行其可迹兮，情與貌其不變。故相臣莫若君兮，所以證之不遠。

行：去聲（ㄒㄧㄥˋ）。迹：謂循跡，蹤迹。變：謂變匿。相：視。去聲（ㄒㄧㄤˋ）。左傳僖公七年：「古人有言曰，知臣莫若君。」證：驗。不遠：這是說近在目前，最爲易驗。

【譯述】人們的外貌不容易隱蔽內心，從言語和行爲上可以測知。所以視察臣子沒有比國王更明白，要考驗他們就在旁邊。

吾誼先君而後身兮，羌衆人之所仇。專惟君而無他兮，又衆兆之所讎。

一本「仇」下有「也」字，「讎」下有「也」字。

誼：與義同。這句是說：人臣之義，當先君而後己。羌，楚人語詞。去羊切（ㄑㄧㄤ）。仇：怨。惟：思。無他：無有他志。百萬曰兆。衆兆：猶衆人。讎：敵。

【譯述】做臣子的應當先報効國王然後顧到自己，不料這樣卻被人們所仇視。我心裏想念着的只有國王，又因此受到許多人的攻擊。

壹心而不豫兮，羌不可保也。疾親君而無他兮，有招禍之道也。

豫：謂猶豫。一心事君，果決不猶豫，而君不察知，則必爲衆人所害，故下云「不可保」。一說：豫，猶言詐。下文「行婞直而不豫兮」，涉江篇「余將董道而不豫兮」，均同。（孫詒讓札迻）　疾：猶力。

保，古音補苟切。道，古音徒口切。

【譯述】我對你一心一意，毫不猶豫，誰知卻保不住自己。竭力跟你親近，沒有別的念頭，結果只有招致禍害。

思君其莫我忠兮，忽忘身之賤貧。事君而不貳兮，迷不知寵之門。

因急欲自進以効其忠，所以說「忽忘身之賤貧」。　不貳：沒有二心。猶上文「無他」。

迷：惑。

【譯述】沒有人比我對你更忠心的，我竟忘掉了自己的地位貧賤。我服事你從來沒有三心兩意，可是不知道怎樣纔能得到寵幸。

忠何罪以遇罰兮，亦非余心之所志。行不羣以巔越兮，又衆兆之所咍。

一本「志」「咍」下均有「也」字。「亦非余心之所志」朱本無「心」字，有「也」字。「巔」亦作「顚」。

「亦非余心」句是說：這不是我本心宿志所望於君的。一云：志，猶知。（俞樾說）行：去聲（ㄒㄧㄥˋ）。巔：與顚通，作「倒」「仆」解。越：墜。咍：嘲笑，楚語。呼來切（ㄏㄞ）。

咍，古音嬉。

【譯述】忠直的人有什麼罪應該受懲罰呢？這實在跟我的願望完全相反。我所做的事不合於流俗，以致跌跤，還要被人們嘲笑。

紛逢尤以離謗兮，謇不可釋。情沈抑而不達兮，又蔽而莫之白。

一本「釋」「白」下均有「也」字。

紛：亂貌，言尤謗之多。尤：過。離：遭。謇：發語詞。音蹇（ㄐㄧㄢˇ）。釋：解。

沈：沒。抑：按。白：明辯。

釋，古音施若切。白，古音蒲各切。

【譯述】我接二連三地遇到攻擊，簡直不能解釋。我的眞情壓在胸間不得表明，小人們包圍着，誰肯替我辯白？

心鬱邑余侘傺兮，又莫察余之中情。固煩言不可結詒兮，願陳志而無路。

「中情」，朱熹云：以韻叶之，當作「善惡」，由騷經一句差互，故此亦因之耳。「結詒」一本作「結而詒」。

侘傺：失志貌。侘，丑加切，又敕駕切。（ㄔㄚˋ）傺，丑利切，又敕界切。（ㄔˋ）煩言：煩多之言。詒：遺，贈。音怡（ㄧˊ）。結詒：朱云：「騷經曰『解佩纕以結言』，思美人曰『言不可結而詒』，疑古者寄意於人，必以物結而致之，如結繩之爲也。」

【譯述】我的心鬱悒惆悵，沒人能夠清楚地知道我的好壞。千言萬語本來不能打了結子送給人，要陳說自己的志願苦於沒路可通。

退靜默而莫余知兮，進號呼又莫吾聞！申侘傺之煩惑兮，中悶瞀之忳忳。

號：大呼。音豪（ㄏㄠˊ）。申：重。瞀：亂。音茂（ㄇㄠˋ）。忳忳：憂貌。忳，徒昆切（ㄊㄨㄣˊ）。

【譯述】我退下來默默無言，沒人知道我，我走上前大聲疾呼，又沒人聽到我的呼聲。我又不禁惆悵迷惑，心裏非常煩悶紛亂。

昔余夢登天兮，魂中道而無杭。吾使厲神占之兮，曰：「有志極而無旁；

「魂」一作「䰟」。「杭」一作「航」。

杭：與航同，併兩小船而渡爲航。厲神：主殺罰的神。一說：厲神，殤鬼。蓋死而附神於占夢者。至此陳志無路，中心迷惑，始憶前夢，而令厲神占夢。旁：輔。這句是說：人夢登天而無航以渡，其占爲但有心志勞極而無輔助。

【譯述】我從前夢見自己登天，夢魂到了中途沒有航船過渡。我叫厲神替我占夢，厲神說：「這夢顯示着勞心而得不到幫助；

「終危獨以離異兮。」曰：「君可思而不可恃，故衆口其鑠金兮，初若是而逢殆。

離異：和衆離異。恃：怙，賴。不可恃，指君不明。鑠：銷。書藥切（ㄕㄨㄛˋ）。這句是說：衆口共加讒毀，雖是金都會被銷鎔掉。國語周語下：「故諺曰：衆心成城，衆口鑠金。」初：謂失職之始。殆：危。殆，古音徒以切。

【譯述】「終於孤零零的處境危險。」厲神又說：「國王可以思念但不可依靠，許多人的嘴會使得金都銷鎔掉，你就是因爲這樣纔遇到危難。

「懲於羹者而吹韲兮，何不變此志也？欲釋階而登天兮，猶有曩之態也！」

「懲於羹者」，一本沒有「者」字，一作「懲熱羹」，一作「懲熱於羹」。

懲：戒。 韲：音齎（ㄐㄧ），一作「齏」，說文作韲。凡醯醬所和，細切爲韲。一曰：擣薑蒜辛物爲之。 羹熱而韲冷，有人啜熱羹被燙了，頗存戒心，後來看見冷韲，還用嘴去吹它。喻人們易於改變。 釋：置，捨。 階：梯。

態，古音他計切。

【譯述】「喝熱羹被燙了的人，喫冷韲也用嘴吹，——可是你爲什麼總不改變這作風呢？捨棄了梯子要登天，你還抱着過去的態度啊！

「衆駭遽以離心兮，又何以爲此伴也！同極而異路兮，又何以爲此援也！」

駭遽：驚駭遑遽。 離心：謂心志違異。 伴：侶。 極：至。同極：猶言同至一處，謂屈原欲與衆人同事一君。 異路：謂屈原和衆人忠佞不相容。 援：引，助。

【譯述】「人家對你所做的都驚駭而且不贊成，怎麼會成爲你的伴侶呢！要同到一個地方卻各走不同的路，又怎麼可以得到援助呢！」

晉申生之孝子兮，父信讒而不好。行婞直而不豫兮，鮌功用而不就。

「申生」上一本沒有「晉」字。

好：愛。去聲（ㄏㄠˋ）。　申生：晉獻公太子，體性慈孝。獻公娶後妻驪姬，生子奚齊，欲立爲太子。使申生祭其母於曲沃，歸胙於獻公，驪姬於酒肉置鴆其中，因言曰，「胙從外來，不可信。」乃以酒賜小臣，以肉食犬，皆斃。姬乃泣曰，「賊由太子。」於是申生遂自殺。（其事見左傳僖公四年及禮記檀弓。）所以說：父信讒而不好。　婞：很。下頂切（ㄒㄧㄥˋ）。不豫：不猶豫。和上文「壹心而不豫兮」同。　鮌：音袞（ㄍㄨㄣˇ），堯臣，夏禹的父親。鮌的行爲婞很勁直，恣心自用而不猶豫，故殛之羽山，治水之功用因而不成。參看離騷「鮌婞直以亡身」句下註解。

好，古音許候切。

【譯述】晉國的申生是一個孝子，他的父親相信挑撥的話所以不喜歡他。鮌的性格太執拗剛直了，平治水災終於沒有成功。

吾聞作忠以造怨兮，忽謂之過言。九折臂而成醫兮，吾至今而知其信然！

「成醫」一本作「爲良醫」。「吾」下一本沒有「至」字，「其」下一本沒有「信」字。

造怨：猶獲怨。　忽：忽略，輕忽。這句的意思是說：輕忽其言，以爲太過。　九折臂而成醫：和左傳（定公十三年）「三折肱知爲良醫」意同，這是說人九折臂，更歷方藥，乃成良醫。「吾至今」句是說：我於今才知道「作忠造怨」這話是誠然不虛。

【譯述】以前聽說盡忠必定結怨，我認爲這話未免說得過分。常常折斷膀子的人就會成了醫生，我到現在纔知道這話眞是不錯。

矰弋機而在上兮，罻羅張而在下。設張辟以娛君兮，願側身而無所。

矰：音增（ㄗㄥ），繳射鳥短矢。弋：音翼（ㄧˋ），繳射。機：張機以待發，動詞。罻羅：捕鳥的網。罻，音尉（ㄨㄟˋ）。張：張施，張布。辟：法。音璧（ㄅㄧˋ）。娛：樂。側身：傾側其身。

下，古音戶。

【譯述】弓箭在上面設置着，網羅在下面張布着。讒人們張設着法網使國王開心，我就是想躲避一下也沒有可避的地方。

欲儃佪以干傺兮，恐重患而離尤。欲高飛而遠集兮，君罔謂「汝何之？」

儃佪：猶低佪，遲留貌。儃，知然切（ㄓㄢ，又讀ㄔㄢˊ）。干：求。傺：住。方言：「傺，逗也。」「逗」與「住」意同。恐：疑，慮。去聲。（作「疑」「慮」解舊讀去聲，國音不分別，都念ㄎㄨㄥˇ。）重：增益。柱用切（ㄓㄨㄥˋ）。「欲儃佪以干傺」以下六句，是說：

進退兩難，動輒得罪，而又不忍變節易操。　集：鳥飛而下止。遠集：欲遠奔他國。　罔謂：猶言「得無謂」。

尤，古音云其切。

【譯述】我想請求在這兒逗留着，只恐怕又要得罪加重了災禍。我想高飛遠走，國王不是要說，「你打算到哪兒去啊？」

欲橫奔而失路兮，堅志而不忍。背膺牉以交痛兮，心鬱結而紆軫。

橫奔失路：譬喻妄行違道。　膺：胸。牉：分。音判(ㄆㄢˋ)。這句是說：背胸一體而中分之，其交爲痛楚，實不可言喻。　紆：曲，縈。音迂(ㄩ)。軫：痛。音診(ㄓㄣˇ)。進退兩難，則憂思鬱結，痛苦難堪。

【譯述】我想要不管一切地亂來，可是又不肯改變我的堅決的志向。胸和背好像分裂了似的痛楚，我的心鬱結着，愁苦萬分。

擣木蘭以矯蕙兮，糳申椒以爲糧。播江離與滋菊兮，願春日以爲糗芳。

「擣」原作「檮」。洪校云：「檮」一作「擣」。今從洪校一本。朱本、戴本都作「擣」。「矯」一作「撟」。

矯：猶糅。糳：音作（ㄗㄨㄛˋ），舂米使潔白曰糳。播：種。江離：香草，說文云即蘼蕪。滋：蒔，栽。糗：乾飯屑。去久切（ㄑㄧㄡˇ）。這句是說：春日新蔬未可食，以江離和菊爲乾糧，幷取其芳香。

【譯述】我搗碎木蘭又糅雜着蕙草，舂細了申椒當作糧食。我種植了蘼蕪和叢菊，預備在春天當作香噴噴的乾糧。

恐情質之不信兮，故重著以自明。矯茲媚以私處兮，願曾思而遠身。

重：復，更。去聲，又平聲。（ㄓㄨㄥˋ，又ㄔㄨㄥˊ）這句是說：故重陳飲食芳潔以自明著。矯：舉。茲：此。媚：愛。謂所愛之道，所守之節。私處：謂獨善。曾：重。音增（ㄗㄥ）。曾思：所以慮微。遠身：所以遯害。

「矯」亦作「撟」。

明，古音茫。身，讀如商，蓋方音。

【譯述】忠直的性質恐怕不會被你相信，所以我重新向你表明一番。我獨自愛惜着，堅守着這正道，我要細細思索，暫時走開遯一遯禍害。

涉江

這篇敘述被遷南渡以及抵達漵浦後的情況，篇內多追述之詞。

余幼好此奇服兮，年既老而不衰：帶長鋏之陸離兮，冠切雲之崔嵬；

奇服：比喻自己志行的特異高潔。 衰：懈，退。 長鋏：劍名。音頰（ㄐㄧㄚˊ）。 陸離：長貌。一云：劍低昂貌。 冠：去聲（ㄍㄨㄢˋ），動詞。 切雲：冠名，言冠高若上切於雲。 崔嵬：高貌。崔，音摧（ㄘㄨㄟ）。嵬，五回切（ㄨㄟˊ）。

【譯述】我從小就愛好這奇異的服裝，到了老年還沒有一點兒改變：我帶了搖晃着的長劍，戴着高聳的帽子；

被明月兮珮寶璐。世溷濁而莫余知兮，吾方高馳而不顧。駕青虬兮驂白螭，吾與重華遊兮瑤之圃。

「琊」一作「佩」。

被：在背曰被。明月：珠名。琊：佩俗字。繫於帶上曰琊(佩)。寶璐：美玉。璐，音路(ㄌㄨˋ)。駕青虬兮驂白螭：五臣云：「願驂駕虬螭而遠去。」虬(ㄐㄧㄡ)、螭，皆龍屬。螭，丑知切(ㄔ)。驂：謂駕三馬；又在旁曰驂。音參(ㄘㄢ)。重華：舜號。史記正義謂舜目重瞳子，故曰重華。重，平聲，池龍切(ㄔㄨㄥˊ)。瑤：玉。一云：瑤，石次玉。圃：園。

【譯述】我身上綴着明月珠，腰下又佩着寶玉。世間混濁，沒人知道我，我正高馳着連頭也不回轉去。我駕着青虬和白螭，跟重華在瑤玉的園圃裏遊戲。

登崑崙兮食玉英，與天地兮同壽，與日月兮同光。哀南夷之莫吾知兮，旦余濟乎江湘。

「同壽」一作「比壽」。「同光」一作「齊光」。朱本「余」下有「將」字。「乎」一作「於」。

玉英：玉有英華之色，猶玉精。南夷：西南蠻夷，辰沅苗種。指放逐的地方而言。全祖望云：「曰南夷者，指放逐之地言之也，蓋近於苗疆矣。」(困學紀聞評文注)「與日月同光」以上寫其理想，「哀南夷之莫吾知」以下回到現實境界。英，古音央。

【譯述】我登上崑崙山，吞食着玉精，我和天地一樣地長久，和日月一樣地光明。——

可哀痛啊，在這南方邊地，沒人知道我，記得我是在早晨渡江。

乘鄂渚而反顧兮，欸秋冬之緒風。步余馬兮山皐，邸余車兮方林。

乘：登。 鄂渚：在武昌西長江中。 欸：歎。音哀(ㄞ)。 緒：餘。據哀郢篇，屈原「東遷」是在「仲春」，所以說秋冬的寒風還有緒餘。 「乘鄂渚」等句回憶未濟時情形。 皐：澤曲，水邊地。皐(皋)，音高(ㄍㄠ)。 邸：至。音抵(ㄉㄧˇ)。一說：邸，舍。 方林：地名。

風，古音甫歆切。

【譯述】我曾經爬上鄂渚回頭遠望郢都，感歎這時候還刮着秋冬的寒風。我的馬在山旁水邊遛着，我的車到達了方林。

乘舲船余上沅兮，齊吳榜以擊汰。船容與而不進兮，淹回水而疑滯。

「疑」一作「凝」。

舲船：有窗櫺的小船。舲，音零(ㄌㄧㄥˊ)。 齊：一齊舉榜。 榜：棹，槳。北孟切(ㄅㄥˋ)。 吳榜：言倣效吳國所爲的船棹。 汰：水波。音太(ㄊㄞˋ)。 容與：徐動貌。 淹：留。 回水：回流，漩渦。 疑：洪興祖云：「江淹賦云，『舟凝滯於水濱，』杜子美詩云，『舊客舟凝滯，』皆用此語，其作『疑』者，傳寫之誤耳。」戴震云：「疑，止也。疑凝，語之轉。」

汰，古音特計切。

【譯述】我乘小船逆着沅水上去，船夫一齊舉槳打着水波。漩渦很急，船不容易前進，慢慢地移動，又常常停滯着。

朝發枉陼兮，夕宿辰陽。苟余心其端直兮，雖僻遠之何傷！

「陼」一作「渚」。「其」一作「之」。「之」一作「其」。

枉陼：地名，據水經注說，沅水東逕臨沅縣南，又東歷小灣，叫做枉陼。在今湖南常德縣南。辰陽：亦地名，在辰水之陽（水北曰陽）。端：正。

【譯述】早上我從枉陼出發，傍晚在辰陽歇宿。只要我的心是光明正大喲，就是流放在遠僻的地方又有什麼關係！

入漵浦余儃佪兮，迷不知吾所如。深林杳以冥冥兮，猨狖之所居。

「儃佪」一作「邅迴」。一本「猨狖」下有「乃」字。

漵浦：漵水之浦。漵，音敍（ㄒㄩˋ）。浦：水濱。漵水源出湖南漵浦縣境，西北流經辰谿縣南，入沅水。一說：漵亦浦類。（五臣註） 如：之，往。 冥冥：暗貌。 狖：猨（猿）屬。余救切（ㄧㄡˋ）。 按辰州志：漵浦在萬山中，雲雨之氣，皆山嵐煙瘴所結，非人所居。（蔣驥註）

【譯述】到了漵浦我徘徊不前，我迷惑着不知自己在什麼地方。只見樹林茂密，深遠昏暗，這是猴子所棲居的地帶。

山峻高以蔽日兮，下幽晦以多雨。霰雪紛其無垠兮，雲霏霏而承宇。

「高」下「以」字一作「而」。

霰：雪子，雪珠。先見切（ㄒㄧㄢˋ）。 垠：畔岸。音銀（ㄧㄣˊ）。 霏霏：集貌。 宇：屋簷。 王萌云：「此言其所至之地之苦景，亦以喻讒人蔽君之象。」王逸云：「或曰：日以喻君，山以喻臣，霰雪以興殘賊，雲以象佞人。山峻高以蔽日者，謂臣蔽君明也；下幽晦以多雨者，羣下專擅，施恩惠也；霰雪紛其無垠者，殘賊之政，害仁賢也；雲霏霏而承宇者，佞人並進，滿朝廷也。」

【譯述】峻高的山遮蔽着日頭，下面又幽暗又多雨。霰和雪無邊際地紛紛落着，雲氣在屋簷下濛濛地瀰漫着。

哀吾生之無樂兮，幽獨處乎山中。吾不能變心而從俗兮，固將愁苦而終窮。

樂：音洛(ㄌㄜˋ)。窮：困。

中，讀如張，蓋方音。窮，讀如強，蓋方音。

【譯述】可憐我這一生得不到什麼快樂，孤獨地居住在荒涼的山裏。我不能改變一向的志願隨俗浮沉，自然會憂愁辛苦而且永遠窮困。

接輿髡首兮，桑扈臝行。忠不必用兮，賢不必以。伍子逢殃兮，比干菹醢。

接輿：楚狂。髡：去髮。音坤(ㄎㄨㄣ)。接輿披髮佯狂，後乃自髡。桑扈：隱士。或謂卽莊子裏的子桑戶。(見大宗師) 臝(裸)行：赤體而行。以：亦是「用」的意思。伍子：伍員子胥。子胥諫吳王夫差伐越，夫差不聽，且賜劍令自殺。事見左傳、史記。比干，商紂諸父，諫紂被殺。事見離騷、史記。藏菜曰菹，肉醬曰醢。菹醢：古時酷刑。比干被剖心，所以說「菹醢」。菹，側魚切(ㄐㄩ)。醢，音海(ㄏㄞˇ)。

行，古音杭。醢，古音虎唯切。

【譯述】「瘋子」接輿剃去了頭髮，桑扈赤身露體在外面走着。忠臣不一定被任用，好人不一定被信任。伍子胥遭逢了災禍，比干竟被慘酷地剖開了心。

與前世而皆然兮，吾又何怨乎今之人！余將董道而不豫兮，固將重昏而終身。

與：數。謂歷數前世之賢而不用者。（王夫之楚辭通釋） 董：正。 昏：亂。

【譯述】我計算着從前的好人都是這樣，又爲什麼怨恨現代的人呢！我要依照正道做去，毫不遲疑，我的心將煩雜昏亂過這一輩子。

亂曰：鸞鳥鳳皇，日以遠兮。燕雀烏鵲，巢堂壇兮。

亂：樂節之名，猶「尾聲」。韋昭注國語云：「凡作篇章，篇義既成，撮其大要，爲亂辭。」（魯語「其輯之亂」） 鸞：俊鳥，鳳凰屬。 壇：楚人謂中庭爲壇。 這一節和下節都是「比」，是說賢人遠去，而讒佞見親。

【譯述】（尾聲）鸞鳥鳳凰，一天一天地飛遠了。燕子烏鴉，卻在高堂和院子裏做窠。

露申辛夷，死林薄兮。腥臊並御，芳不得薄兮。

露申：或說卽申椒，狀如繁露，故名。（戴震屈原賦通釋） 辛夷：卽木筆。 薄：草木交錯曰薄。傍各切（ㄅㄛˊ）。 腥臊：臭惡。臊，音騷（ㄙㄠ）。 御：進。 得薄之「薄」，作「迫近」解，音博。（國音不分別，念ㄅㄛˊ。）

【譯述】露申辛夷，在森林草叢間枯死。臭惡的都能夠進用，芳香的反不得接近。

陰陽易位，時不當兮。懷信侘傺，忽乎吾將行兮。

陰：謂小人，陽：謂君子。易否：「內陰而外陽，……內小人而外君子，小人道長，君子道消也。」當：平聲(ㄉㄤ)。是說生不當明時。　忽乎將行：應上「濟乎江湘」事，自傷不見容，而忽然被放遠行。

【譯述】陰陽變換了位置，現在不是清明的時代啊。忠信的性質使我碰壁失意，忽然我就要出發到遠遠的地方。

哀郢

這篇追憶流放出郢都時的情景，並且哀痛故都的荒蕪，和涉江篇的敍事是相銜接的，寫作的時期應當也是相近的。據篇中所敍，哀郢大約作于楚襄王二十一年（公元前二七八年）。

皇天之不純命兮，何百姓之震愆。民離散而相失兮，方仲春而東遷。

皇天：稱天。古人常和后土並言，指天地。左傳僖公十五年：「皇天后土，實聞君之言。」九辯：「皇天淫溢而秋霖兮，后土何時而得漧」。 純：不雜而有常。不純命：即「天命靡常」的意思。 震：動。愆：過。震愆：震動而觸罪。 民離散相失：屈原流放出郢都，蓋值亂離的時候，人民相失，所以有「皇天不純命」之語。 仲春：二月。 東遷：循着大江而入洞庭，又從洞庭順流而下大江，這條路線是向東的，所以說「東遷」。

【譯述】天命眞是無常，老百姓怎樣騷動而且犯着罪過啊。人民流離失散，正當陽春二月的時候，我向東流放。

去故鄉而就遠兮，遵江夏以流亡。出國門而軫懷兮，甲之鼂吾以行。

江：大江(長江)。夏：夏水。水經云：「夏水出江，流於江陵縣東南。」 軫：痛。懷：思。

甲：紀日的干支。 鼂：讀爲朝暮的「朝」。字通。

【譯述】我離開故鄉到遼遠的地方去，沿着大江夏水流亡。出了都門無限地傷痛，懷念，我于甲日早晨動身。

發郢都而去閭兮，荒忽其焉極。楫齊揚以容與兮，哀見君而不再得。

「郢」下一本沒有「都」字。

郢都：楚國都。在今湖北江陵縣。郢，以整切(ㄧㄥˇ)。 閭：里門。 荒忽：不分明之貌。

焉：安，何。因肩切(ㄧㄢ)。 極：終，盡。 揚：舉。

【譯述】從郢都出發離開了我的家，恍惚迷離不知哪裏是盡頭。船夫一齊舉起槳，船開始慢慢地移動，我哀痛着從此再也不能和王見面了。

望長楸而太息兮，涕淫淫其若霰。過夏首而西浮兮，顧龍門而不見。

「太」一作「歎」。

長楸：大梓。楸，音秋(ㄑㄧㄡ)。 淫淫：流貌。 夏首：夏水之首，謂夏水別出於江之處。(參看上面「江夏」註解。) 西浮：諸家的註釋頗不相同。王逸云：「從西浮而東行。」朱熹云：「浮，不進之而自流也。」王夫之云：「西浮，西望漢水浮天際也。」蔣驥云：「舟行之曲處，路有西向者。」(按蔣說採自林雲銘楚辭燈。) 戴震云：「西浮者，既過夏首而東，復溯洄以望楚都。」 朱解「浮」字最當，惟沒有釋「西」字。諸說中以王逸說於義最安。「西浮」可解爲「從西下浮」或「向西而浮」，因上文曾說「東遷」，所以知道是「從西下浮」。戴註於「浮」字解不通。蔣註未免有點穿鑿，他在楚辭餘論中則並存王逸之說。舊註已安的，實在不必強覓新解。此是一例。 龍門：郢城東門。

【譯述】我望着高大的梓樹大聲歎氣，眼淚像雪珠似的不斷落下來。船過了夏首從西邊下浮，回頭看看郢都東面的龍門，現在看不見了。

心嬋媛而傷懷兮，眇不知其所蹠。順風波以從流兮，焉洋洋而爲客。

嬋媛：音蟬爰(ㄔㄢˊㄩㄢˊ)，眷戀牽持的意思。 眇：猶遠。 蹠：踏。音隻(ㄓˊ)。 焉：於是，乃。音延。(國音不分別，都讀ㄧㄢ。) 洋洋：水盛大貌。

蹠，古音之略切。客，古音苦各切。

【譯述】我的心留戀傷痛，遼遠地不知所到的是什麼地方。船順着風波飄蕩，對着汪洋的水波我作了漂泊的客子。

淩陽侯之氾濫兮，忽翱翔之焉薄。心絓結而不解兮，思蹇產而不釋。

淩：乘。陽侯：大波之神。陽國之侯，溺死於水，其神能為大波。戰國策韓策：「塞漏舟而輕陽侯之波，則舟覆矣。」氾濫：波貌。氾，孚梵切（ㄈㄢˋ）。翱翔：在這裏是「浮游」的意思。薄：止。音博（ㄅㄛˊ）。絓：音卦（ㄍㄨㄚˋ），和「挂」（掛）同。蹇產：詰屈貌。蹇，九輦切（ㄐㄧㄢˇ）。

【譯述】乘着波神陽侯氾濫着的波浪，顛簸浮游着不知止泊在什麼地方。我的心老掛念着，情思盤結着，不能開解。

將運舟而下浮兮，上洞庭而下江。去終古之所居兮，今逍遙而來東。

逍遙：猶翱翔。終古：猶永古。去終古之所居：謂遠離先祖的宅舍。屈原故宅，在今湖北興山縣北，漢南郡秭歸之北境。

江，古音工。

【譯述】將要放船下浮，卻逆流先上洞庭湖，又沿着大江順流下去。離開了上代所傳下來的老屋，我如今逍遙着向東邊來。

羌靈魂之欲歸兮，何須臾而忘反。背夏浦而西思兮，哀故都之日遠。

羌：楚人語詞。去羊切(ㄑ一ㄤ)。　反：同返。　夏浦：夏水東經沔陽入漢水，兼流至武昌而會於江，爲夏浦，又叫做夏口，卽現在漢口。背夏浦西思，時船未過夏浦，回頭西向而思郢都。

【譯述】我的靈魂想要歸去呀，哪裏有一會兒忘掉回去呢？我背着夏浦向西邊思念着，可哀痛啊離故都一天遠一天了。

登大墳以遠望兮，聊以舒吾憂心。哀州土之平樂兮，悲江介之遺風。

墳：水中高處。　州土：謂鄉邑。　介：間。語之轉。　遺風：風之疾者。屈原回憶故鄉的康樂，而悲江間風物淒厲。(說見王念孫讀書雜志餘編下。)按「哀」謂因回憶而增哀痛。

【譯述】我爬上大渚向遠處看着，暫且把我的愁心舒展一下。對着江上淒厲的疾風，我想起故鄉的快樂的生活，又覺得非常悲傷。

當陵陽之焉至兮，淼南渡之焉如。曾不知夏之爲丘兮，孰兩東門之可蕪。

「渡」一作「度」。

當：對。語之轉。陵陽：洪興祖說是地名，仙人陵陽子明所居。（其地在今安徽東南部靑陽石埭之間。）淼：渺茫無際。音渺（ㄇㄧㄠˇ）。南渡：指涉江赴江南而言。蓋那時忽接命令，要他改赴漵浦謫地，所以又從夏浦折回而南渡。焉如：謂不知所棲泊。「當陵陽」二句略敍自夏浦南渡事。這篇著重在思郢，涉江篇則詳敍南渡事。哀郢和涉江兩篇的敍事是相銜接的，篇中多追敍往事，但詳略不同。曾：乃。音增（ㄗㄥ）。夏：大屋，大殿。丘：荒墟。孰：何。（見山帶閣註楚辭及經傳釋詞。）兩東門：指郢城兩東門。蕪：穢。據史記載：楚頃襄王二十一年，秦將白起拔郢，燒先王墓夷陵，楚東北保於陳城。哀郢這篇蓋作於此時。

【譯述】下對着陵陽，不知要到哪兒去，船又轉向南面，水波渺茫無際。——你們卻不知道宮殿會變成了丘墟，怎麼料得到郢都兩東門會蔓草荒蕪呢！

心不怡之長久兮，憂與愁其相接。惟郢路之遼遠兮，江與夏之不可涉。

「愁」朱戴本作「憂」。「其」一作「之」。

怡：樂。「江與夏」句是「引類譬諭」，所謂「以水深雪雰爲小人」，辭微而怨。

【譯述】我的心是長久地不快樂，憂和愁相連接着。到郢都去的路是那麼遠，大江和夏水阻隔着，沒有船隻可以渡啊。

忽若去不信兮，至今九年而不復。慘鬱鬱而不通兮，蹇侘傺而含感。

「忽若」下原無「去」字，洪校云：一本「若」下有「去」字。今從洪校一本。朱本、戴本並同。朱云：或恐「去」字上下有脫誤。「通」一作「開」。

忽若：猶忽然。九年：「九」在這裏是虛數，表極多的意思。和離騷裏的「九天」「九畹」「九死」惜誦篇的「九折臂」等「九」字同。不通：意思是說憂思閉塞。蹇：發語詞。同謇。

【譯述】我得不到你的信任，忽然離開了朝廷，到現在許多年還未召回。我的心慘痛鬱結，惆悵失意，充滿着憂憾。

外承歡之汋約兮，諶荏弱而難持。忠湛湛而願進兮，妒被離而鄣之。

「被」一作「披」。

汋約：好貌。汋，音綽（ㄔㄨㄛˋ）。這句是說：小人飾爲媚態，以奉承君王的歡心。諶：誠。音忱（ㄔㄣˊ）。荏：亦是「弱」的意思。如甚切（ㄖㄣˇ）。這句是說：誠使人心意軟弱，不能自持。湛湛：重厚貌。直減切（ㄓㄢˋ）。被離：衆盛貌。被，音披（ㄆㄧ）。鄣：壅。音章（ㄓㄤ）。

【譯述】小人們外貌特別恭敬，討人歡喜，實在會使軟弱的國王心裏動搖。忠信厚道的人願意替王効力，猜忌的人在旁邊蒙蔽着，沒法兒接近。

堯舜之抗行兮，瞭杳杳而薄天。衆讒人之嫉妒兮，被以不慈之僞名。

「杳杳」上一本沒有「瞭」字，一本作「杳冥冥。」

抗行：高尚的德行。行，去聲(ㄒㄧㄥˋ)。瞭：明。音了(ㄌㄧㄠˇ)。杳杳：遠貌。

堯舜傳賢不傳子，所以有不慈之名。莊子盜跖篇說：「堯不慈，舜不孝。」蓋戰國時流俗有這話。

天，古音他因切。名，讀如民。

【譯述】像堯和舜那樣崇高的德行，簡直可以迫近頭上的青天。那些讒人們眞是刻薄妒忌，竟硬加給他們「不慈」的罪名。

憎慍惀之脩美兮，好夫人之忼慨。衆踥蹀而日進兮，美超遠而逾邁。

「踥」一作「躞」，一作「踕」。

慍惀：誠積而不能言。慍，於粉切(ㄩㄣˋ)。惀，力允切(ㄌㄨㄣˋ)。黃文煥云：「君子氣無所吐，祇有蘊積難明，遜其忼慨矣。」脩美：好修(脩)而美。夫人：衆人，指衆讒人。

夫，音扶（ㄈㄨˊ）。忼（慷）慨：巧言動聽。洪興祖云：「君子之慍惀，若可鄙者，小人之忼慨，若可喜者，惟明者能察之。」踥蹀：行貌。踥，思葉切（ㄒㄧㄝˋ），又音妾（ㄑㄧㄝˋ）。蹀，音牒（ㄉㄧㄝˊ）。美：即指修美的君子。邁：行，往。這二句的意思是說：小人日進而日親，君子愈疏而愈遠。

慨，古音苦既切。邁，古音莫制切。

【譯述】國王往往憎惡正人君子的直訥言辭，卻喜歡讒人們動聽的花言巧語。小人們接二連三地天天來親近，有美德的人越發遠遠地避開了。

亂曰：曼余目以流觀兮，冀壹反之何時！鳥飛反故鄉兮，狐死必首丘。信非吾罪而棄逐兮，何日夜而忘之！

曼：引，延長。音萬（ㄨㄢˋ，又讀ㄇㄢˋ）。流觀：周流觀視。壹反：猶一還。鳥飛反故鄉：是說鳥思舊巢。淮南子說林：「鳥飛反鄉，兔走歸窟。」首丘：正首向丘。首，音狩，去聲。（國音不分，念ㄕㄡˇ。）禮記檀弓上：「古之人有言曰：『狐死正丘首，』仁也。」（丘是狐的窟穴，死而不忘其根本之處，所以正首向丘。）

丘，古音欺。

【譯述】（尾聲）我把眼睛向着周圍看看，只希望回到郢都，可是在什麼時候呢？鳥兒要飛還故鄉，狐狸死時必定把頭向着山丘。實在不是我的罪竟遭了放逐，不管在白天或夜裏，我怎麼會忘得掉呢！

抽思

此以篇內少歌首句中「抽思」二字爲篇名。方晞原云：「屈子始放，莫詳其地，以是篇考之，蓋在漢北，故以鳥自南來集爲比。」這篇大約是放居漢北時所作。

心鬱鬱之憂思兮，獨永歎乎增傷。思蹇產之不釋兮，曼遭夜之方長。

一本沒有「心」字。

【譯述】我的心是多麼憂鬱呀，獨自不斷地長嘆傷痛。我的情思盤結着解不開，夜偏又漫漫的正長啊。

悲秋風之動容兮，何回極之浮浮！數惟蓀之多怒兮，傷余心之懮懮。

一本「悲」下有「夫」字。「蓀」一作「荃」，下並同。

秋風動容：是說秋風起而草木變色。回極：風回旋而至。或云：風穴。浮浮：不定貌。數：計。上聲(ㄕㄨˇ)。惟：思。蓀：香草，以喻君。音孫(ㄙㄨㄣ)。君多妄怒，使自己無罪而受罰。懮，愁。音憂(ㄧㄡ)。這一節是以秋風的回旋無定，與楚王的輕喜易怒。

【譯述】秋風吹來草木就突然變了顏色，風是多麼迴旋無定呀！我想你常常容易發脾氣，使我的心裏充塞着愁思。

願搖起而橫奔兮，覽民尤以自鎭。結微情以陳詞兮，矯以遺夫美人。

搖起：疾起，和「橫奔」相對爲文。尤：過。鎭：止。這句是說：觀察人民多無過失而罹罪，所以知危而自止。結微情以陳詞：謂結情於詞。矯：舉。遺：送，與。去聲(ㄨㄟˋ)。夫：句中助詞，音扶(ㄈㄨˊ)。美人：喻君王。

【譯述】我想不管一切地狂奔着，但是看見人們無辜得罪又只好忍受着。我以微妙的情思寫成辭賦，我要把它送給美人。

昔君與我成言兮，曰黃昏以爲期。羌中道而回畔兮，反既有此他志！

「成」原作「誠」，洪校云：「誠」一作「成」。按當從洪校一本作「成」。左傳襄公二十七年曰「成言于晉」，離騷曰「初既與余成言兮」，此「成言」義同。

成言：成其要約之言。黃昏：古人迎親的時候，儀禮所謂「初昏」。這裏以婚姻爲比。

回畔：反背。　這一節是說楚王和自己始親而後疏。

【譯述】從前你曾經和我約好，說是黃昏時候要我去迎娶。不料中途忽然變了卦，你又生了別的心思！

憍吾以其美好兮，覽余以其脩姱。與余言而不信兮，蓋爲余而造怒。

憍：矜。同驕。覽：示。姱：好。苦瓜切（ㄎㄨㄚ）。脩姱：修飾而姱美。二句是說楚王自多其能。蓋：疑辭。爲：去聲（ㄨㄟˋ）。造：作。造怒：無罪而對之發怒。

姱，古音枯。

【譯述】你以爲自己美麗對我驕傲，打扮得特別漂亮向我誇耀。你和我說話沒有誠信，大概因爲討厭我吧，憑空地對我發氣。

願承閒而自察兮，心震悼而不敢。悲夷猶而冀進兮，心怛傷之憺憺。

閒：閒暇。音閑（ㄒㄧㄢˊ）。察：明。謂自明心迹。震悼：驚懼。陳楚之間謂懼曰悼。

夷猶：猶豫。冀進：欲進。怛：痛。當割切（ㄉㄚˊ）。憺：動。徒濫切（ㄉㄢˋ）。憺憺：

猶言蕩蕩，動而不寧貌。

【譯述】我想等你空閒的時候向你表白，可是心裏害怕又不敢說。我躊躇着又想前進，我的心是悲痛而且激動不安。

歷茲情以陳辭兮，蓀詳聾而不聞。固切人之不媚兮，衆果以我爲患。

「歷茲情」原作「茲歷情」，洪校云：一作「歷茲情」。今從洪校一本。戴本同。

歷：猶列。　詳：和佯同。　切人：言語切直的人。

【譯述】我細細地把我的眞情陳述出來，你假裝着聾子一樣竟聽不到。鯁直的人本來不會討好，小人們簡直把我當作禍根。

初吾所陳之耿著兮，豈至今其庸亡？何獨樂斯之謇謇兮，願蓀美之可光。

「獨樂斯」原作「毒藥」，洪校云：一云「何獨樂斯之謇謇兮」。今從洪校一本。朱本、戴本都作「獨樂斯」。「光」原作「完」，洪校云：「完」一作「光」。今從洪校一本。馬瑞辰云：「完」當從一本作「光」。「光」與「亡」韻。

耿：明貌。　庸：猶何。豈至今其庸亡：是說文辭尚在，可以求索。　樂：音洛（ㄌㄜˋ）。

謇謇：忠貞貌。　光：大。

【譯述】從前我所說的意見這樣明白，怎麼到現在卻等於零呢？爲什麼我單獨地愛盡忠直諫呢，我希望你的美德能夠光大呀。

望三五以爲像兮，指彭咸以爲儀。夫何極而不至兮，故遠聞而難虧。

三五：五帝三王，便文倒舉。　彭咸：殷賢大夫，諫其君不聽，自投水而死。　儀：法。「望三五」二句，君臣交相勉勵。　極：所擬至曰極。這句是說：以聖賢爲法，盡心做去，何遠而不至呢？　虧：損。

儀，古音牛何切。虧，古音去戈切。

【譯述】五帝三王是帝王的模範，殷朝的彭咸是我要效法的賢人。什麼目標會達不到呢？只要有毅力，名聲必定能夠傳得又久又遠。

善不由外來兮，名不可以虛作。孰無施而有報兮，孰不實而有穫？

朱校云：「實」當作「殖」。王注云：「空穗滿田，無所得也。」可知王本明明作「實」。按作「實」亦講得通。

施：惠，與。去聲。

【譯述】善不是由外邊兒來的，名不是憑空得到的。沒有施惠怎麼會有報答呢？沒有結實怎麼會有收穫呢？

少歌曰：與美人抽思兮，并日夜而無正。憍吾以其美好兮，敖朕辭而不聽。

「少」一作「小」。「美人」下朱本有「之」字。「思」原作「怨」，朱本、戴本都作「思」，今從朱戴本。

少歌：樂章音節名。少，去聲(ㄕㄠˋ)。荀子賦篇佹詩亦有小歌，蓋即此類。與：猶爲。抽：繹，拔。思：情，意。并：並。并日夜，是說日夜如一。正：平其是非。敖：和傲同。朕：我。古時上下都可稱朕。

【譯述】(少歌)我向着美人剖露我的心思，日夜不停，可是沒人替我作證。你以爲自己美麗對我驕傲，輕蔑我的話，不肯相信。

倡曰：有鳥自南兮，來集漢北。好姱佳麗兮，牉獨處此異域。

倡：和唱同，意爲「發歌」，亦是歌的音節。少歌之不足，又發其意爲倡。鳥：蓋自喻。漢北：楚國的北境。參看上面的題解。牉：背離，分別離散。牉字已見惜誦篇。「牉獨處」和離騷「判獨離」意同。

【譯述】(唱)有鳥兒從南邊飛來，停歇在漢北。容貌秀美的人離開了故鄉，孤獨地羈棲在這個異地。

旣惸獨而不羣兮，又無良媒在其側。道卓遠而日忘兮，願自申而不得。望南山而流涕兮，臨流水而太息。

「卓」一作「逴」。「南山」原作「北山」，洪校云：「北山」一作「南山」。今從洪校一本。戴本亦作「南山」。

惸：和煢同，渠營切（ㄑㄩㄥˊ）。惸獨：猶孤獨。無良媒在其側：意思是說沒有旁人爲他進言。卓：也是遠的意思。

【譯述】我旣然是孤獨無伴，又沒有可靠的媒人在你的旁邊。道路迢遙，你對我是漸漸地淡忘了，我想替自己申辯總得不到機會。我望着南山流下眼淚，對着流水連連嘆氣。

望孟夏之短夜兮，何晦明之若歲！惟郢路之遼遠兮，魂一夕而九逝。

望：猶視。望孟夏之短夜：意思是說，在初夏的短夜裏，而希望其易曉。前面云：「曼遭夜之方長，」又云：「悲秋風之動容兮，」作這篇抽思的時候大概是秋天。這裏云：「望孟夏之短夜兮，」是追敍謫漢北後的情事。魂一夕九逝：是說思之切。

【譯述】在初夏的短短的夜裏，從黑夜到天明眞像過了一年！到郢都去的路是那麼遼遠，我的夢魂一個夜裏九次飛到那兒。

曾不知路之曲直兮，南指月與列星。願徑逝而未得兮，魂識路之營營。

列星：星有列位者，卽恆星。這句是說望月星而辨路。營營：往來貌。「未」一作「不」。

【譯述】我連一點兒的路都不知道，對着月亮和星斗纔認淸南邊的方向。我想一直回去可辦不到，只有夢魂認得路不斷地往來着。

何靈魂之信直兮，人之心不與吾心同。理弱而媒不通兮，尙不知余之從容。

信直：忠信而正直。理：行理，意爲使人，通聘問者。這裏與媒義略同。理媒並舉，以加強文氣。詳見離騷註。弱：劣弱。從容：舉動。一說：從容，安舒貌，言閒暇而不變所守。按卽舉動自得之意。

【譯述】我的靈魂爲什麼這樣正直呀，人們的心不和我的心相同。媒人低能，不能通達我的意思，你還不知道我永遠不變的態度啊。

亂曰：長瀨湍流，泝江潭兮。狂顧南行，聊以娛心兮。

一本沒有「聊」字。

瀨：水淺處。 湍：急流。 泝：向。（蔣驥註） 潭：深淵。

潭，古音尋。

【譯述】（尾聲）沿着沙上的急流，向江水和深潭走去。我狂亂地四顧，向南走着，暫且寬解自己的愁心。

軫石崴嵬，蹇吾願兮。超回志度，行隱進兮。

軫石：方石。 崴嵬：高貌。崴，烏灰切（ㄨㄟ）。嵬，吾回切（ㄨㄟˊ）。「軫石崴嵬」二句：王遠云：「似因所見而賦之也。」 王逸云：「言己雖放棄，執履忠信，志如方石，終不可轉，行度益高，我常願之也。」 超回志度：意思是說自己的行動超越回邪，志在法度。 隱：痛，傷。

進，子侚切，蓋方音。

【譯述】水邊的方石屹立着，正像我的不可轉移的志願。我正直無邪，不肯馬虎；我懷着傷痛的心情前進。

低佪夷猶，宿北姑兮。煩冤瞀容，實沛徂兮。

低佪：猶徘徊。北姑：地名。瞀：亂。音茂(ㄇㄠˋ)。瞀容：容貌瞀亂。沛：水波流貌。徂：往，去。叢吾切(ㄘㄨˊ)。這句是說誠欲如水似的沛然流去。

【譯述】我徘徊着，猶豫着，在北姑停宿下來。我煩亂憔悴，眞想如水似的滔滔地流到南邊去。

愁歎苦神，靈遙思兮。路遠處幽，又無行媒兮。

靈：靈魂。幽：幽僻。

【譯述】我嘆息着，我感到異樣的苦悶，靈魂遙遙地思念着郢城。我在這偏僻的地方，路隔得那麼遠，又沒有媒人替我說合。

道思作頌，聊以自救兮。憂心不遂，斯言誰告兮。

道思：且行且思。救：解。不遂：不達。陳本禮云：「少歌之詞，略言之也；倡曰之詞，放言之也；亂曰之詞，聊以言之也。此在九章中爲另一體，殆三疊之意，皆形容抽字義也。」

一本沒有「以」字。

告，古音居候切。

【譯述】我在路上一邊走着一邊作辭賦，想暫時來安慰自己。可是我的愁心不能痛快地發洩出來，這些話我要向誰告訴啊！

懷沙

史記屈原賈生列傳云：「乃作懷沙之賦，……於是懷石，遂自投汨羅以死。」東方朔七諫沈江云：「懷沙礫而自沈兮。」沙的意義是水散石，礫是小石，朱熹把「懷沙」解爲「懷抱沙石，以自沈也」，是頗明白而確切的。又九章悲回風云：「悲申徒之抗迹，……任重石之何益？」（一作「重任石」）莊子盜跖篇：「申徒狄諫而不聽，負石自投於河。」「懷沙」「懷石」「任石」「負石」，意義均略同，司馬遷是以「懷石」來解釋「懷沙」的。這篇當是屈原將要投水時的作品，所以詞語迫促，音節悲壯，和他篇不同。

蔣驥解「懷沙」爲「寓懷長沙」，（見山帶閣註楚辭，按蔣說本於明李陳玉，）但是篇中並沒有提到長沙地名，（如哀郢篇就提到「郢都」「龍門」，）其說未免失之臆測，不如仍從舊註。

滔滔孟夏兮，草木莽莽。傷懷永哀兮，汩徂南土。

「滔滔」史記屈原賈生列傳作「陶陶」。

滔滔：盛陽貌。莽莽：茂盛貌。懷：思。永：長。汩：行貌。于筆切（ㄩˋ）。南土：江南之土。這是屈原回憶初到江南時的情景。哀郢篇云：「方仲春而東遷。」蓋屈原在仲春時節出郢都，初夏到了南方。然作懷沙時，可能亦在夏天，故觸景生感。續齊諧記說，屈原以五月五日投汨羅江，時節亦是相合的。

莽，古音莫補切。

【譯述】陽氣蓬勃的初夏，草木茂盛地生長着。心裏老是懷念悲傷，我在這時候到了南方。

眴兮杳杳，孔靜幽默。鬱結紆軫兮，離慜而長鞠。

「眴兮」的「兮」字一本在「杳杳」下。「杳杳」史記作「窈窈」。「默」史記作「墨」。「鬱」史記作「冤」。「慜」史記作「愍」。「而」史記作「之」。「鞠」戴本作「鞫」。

眴：和瞬同，目數搖動貌。一說：眴，眩。穴絹切（ㄒㄩㄢˋ）。（史記集解引徐廣說。）杳杳：深遠貌。這句是說：山谷高峻深遠，目爲之眩。孔：甚，很。默：無聲。慜：痛，憂。和愍同。音敏（ㄇㄧㄣˇ）。鞠（鞫）：窮。

鞠(鞫)，紀方切，蓋方音。

【譯述】南方山高谷深，使人眼花，原野是非常幽靜荒凉。我的心多麼鬱悶，我遇到了傷痛的事情，永遠地碰壁。

撫情効志兮，冤屈而自抑。刓方以爲圜兮，常度未替。

撫：循，安。　効：猶覈，考驗以求其實。効志：考驗心志，以求沒有過失。　刓：削。五官切(ㄨㄢˊ)。刓方以爲圜(圓)：意思是說改變方正而爲圓滑。　度：法。　替：廢。(本作普。)這句的意思是說，要變心從俗，而常法未廢，不能遽變。

【譯述】我按下傷感，省察自己的過失，忍受着冤屈。想要把方的木頭削成圓的，只是法度還不能廢掉啊。

易初本迪兮，君子所鄙。章畫志墨兮，前圖未改。

「迪」史記作「由」。「志」史記作「職」。「圖」史記作「度」。

迪：道。易初本迪：謂變易其初時本然之道。　一說：「本」疑當作「變」。變卞古通，(書堯典「於變時雍」，孔宙碑作卞。顧命「率循大卞」，莊子天運篇作「唯循大變」。)此蓋本作「易初卞迪」，卞迪卽變道。卞與草書 相似，故誤爲本。　鄙：恥。　章：明。　畫：

音獲(國音念ㄏㄨㄚˋ)。志：念。墨：謂繩墨。章畫志墨：以工匠做比喻，意思是說，譬如木匠章明墨斗繩所畫的線，念之不忘。前圖：前日的計謀。改，古音紀。

【譯述】出爾反爾，變更初心：這是君子頂看不起的。我從前所主張的政策，好像木匠用墨斗繩淸淸楚楚畫着的墨線，到現在仍舊沒有改變。

內厚質正兮，大人所盛。巧倕不斲兮，孰察其撥正。

「內厚」史記作「內直」。「質正」史記作「質重」。「盛」一作「晟」。「倕」史記作「匠」。「撥」史記作「揆」。

盛：盛美。倕：堯時巧工。音垂(ㄔㄨㄟˊ)。斲：斫。音琢(ㄓㄨㄛˊ)。撥：曲，枉。和「正」對文。這二句的意思是說：倕不以斤斧斲斫，那麼誰知其曲正呢？王逸釋「撥」爲「治」，失之。史記作「揆」，亦誤。淮南子本經訓：「扶撥以爲正。」高誘注：「撥，枉也。」是其證。(孫詒讓說)

【譯述】內心正直性質敦厚的人，是君子所讚美的。可是不讓巧倕用斧頭砍一下，誰知道他所砍的是歪或是正呢？

玄文處幽兮，矇瞍謂之不章。離婁微睇兮，瞽以爲無明。

「處幽」史記作「幽處」。史記「矇」下沒有「瞍」字。按當從史記删「瞍」字。「矇謂之不章」，與下文「瞽以爲無明」句法一律。王逸注，「矇，盲者也，」不釋「瞍」字，可知王本原無此字。

玄：黑。幽：冥。有眸子（睛珠）而無見叫做矇，無眸子叫做瞍。離婁：古時明目者。

睇：目小視。音第（ㄉㄧˋ）。南楚謂眄曰睇。瞽：目縫黏合而無見叫做瞽。明，古音茫。

【譯述】黑色的文采放在幽暗的地方，竟會說它不顯明；離婁睇着眼睛，卻以爲他看不見：這些人簡直是瞎子啊。

變白以爲黑兮，倒上以爲下。鳳皇在笯兮，鷄鶩翔舞。

「白」下「以」字史記作「而」。「鶩」史記作「雉」。

笯：籠。南楚謂之笯。音奴（ㄋㄨˊ），又乃故切。鶩：鴨。音木（ㄇㄨˋ，又讀ㄨˋ）。

【譯述】把白的變成了黑的，上面的顛倒成下面的。鳳凰關在籠子裏，鷄和鴨卻在盤旋飛舞着。

同糅玉石兮，一槩而相量。夫惟黨人鄙固兮，羌不知余之所臧。

下二句史記作「夫黨人之鄙妬兮，羌不知吾所臧。」

糅：雜。女救切(ㄋㄧㄡˋ，又ㄖㄡˇ)。槩：平斗斛木。古代切（ㄍㄞˋ）。黨人：指羣小。臧：善。一說：臧，讀為藏，作「藏蓄」解。

【譯述】糅雜着玉和石，同樣地用一支平斗斛的木桿兒量着。小人們眞是鄙陋而且頑固，毫不知道我的好處啊。

任重載盛兮，陷滯而不濟。懷瑾握瑜兮，窮不知所示。

「窮不知所示」史記作「窮不得余所示」。

盛：多。濟：度。這二句以喻小人才短，反膺重任而致陷滯不濟。在衣為懷，在手為握。瑾、瑜：都是美玉。瑾音僅（ㄐㄧㄣˇ，又ㄐㄧㄣˋ）。瑜音逾（ㄩˊ）。窮不知所示：意思是說懷寶窮困，人都不識，無可示者。

【譯述】你們所背的是那麼重，所載的是那麼多，所以陷沒留滯着不得過去。我懷着美玉寶石，可是沒有出路，不曉得向誰獻示。

邑犬之羣吠兮，吠所怪也。非俊疑傑兮，固庸態也。

「邑犬」下史記沒有「之」字。「非俊」史記作「誹駿」。「傑」史記作「桀」。

邑犬：邑里之犬。非：毀。智過千人叫做俊，十人叫做傑。庸：廝賤的人。庸態：庸人之態。

怪，古音愧。

【譯述】一個地方裏的狗成羣地叫着，叫那怪異的人喲。誹謗英雄，懷疑豪傑，本來是庸人的醜態啊。

文質疏內兮，衆不知余之異采。材朴委積兮，莫知余之所有。

上「余」字史記作「吾」。「朴」史記作「樸」。

文質：其文不豔。疏：迂闊。內：內藏。朴：通樸，未成器的木材。委積：積聚。材朴委積：意思是說，待用之材積聚富有。

采，古音且禮切。有，古音羽已切。

【譯述】我的文采既然不豔麗，又迂拙內藏，因此不會被人們所賞識。可用的材料豐富地積聚着，人們卻不知道我的所有。

重仁襲義兮，謹厚以爲豐。重華不可遌兮，孰知余之從容。

「遌」一作「遻」，史記作「牾」。洪云：當作「遻」，與迕同。

重：累。平聲（ㄔㄨㄥˊ）。襲：亦是重的意思。豐：猶富足。一說：豐，大。謂以自廣大。遻（遌）：逢，遇。五故切（ㄨˋ）。從容：舉動。一說：舉動自得之意。已詳抽思篇註。

【譯述】我重累着仁義，把厚道當作富足。重華現在是遇不見了，誰知道我永遠不變的態度呢？

古固有不並兮，豈知其何故。湯禹久遠兮，邈而不可慕。

史記沒有「何」「而」字，「故」「慕」下均有「也」字。

不並：聖君賢臣不並時而生。邈：遠貌。莫角切（ㄇㄛˋ，又ㄇㄧㄠˇ）。慕：思。

【譯述】從前聖王和賢臣也常常不生在同一時代，哪裏知道什麼緣故呢？商湯夏禹久遠了，眞是遙遙地不可思念啊。

懲違改忿兮，抑心而自強。離慜而不遷兮，願志之有像。

「違」原作「連」，史記作「違」。王念孫云：「連」當從史記作「違」。違與愇通，廣雅釋詁四曰，「愇，恨也。」「懲違」與「改忿」對文。按朱本、戴本都作「違」。「強」史記作「彊」。「慜」史記作「湣」，一作「閔」。「像」史記作「象」。

懲：止。違(愇)：恨。改忿：改其憤激之情。強：勉。上聲(ㄑㄧㄤˇ)。遷：徙，移。像：法。

【譯述】我壓下怨恨憤激的情緒，努力着振作自己。我遇到傷痛的事情，仍舊不改變初心，只希望我的志向可以做後世的模範。

進路北次兮，日昧昧其將暮。舒憂娛哀兮，限之以大故。

「舒憂娛哀」史記作「含憂虞哀」。

次：舍。昧：冥。暮：日且冥，日入。本作莫。方晞原云：「據涉江篇，由沅入溆，乃至遷所，則沈羅淵當北行，故有『進路北次』之語。」娛：樂。娛哀：娛樂自己的哀愁。大故：死亡。

【譯述】我向北走着又停歇下來，太陽昏暗地將要落下了西方。我暫且寬解憂思，愁裏尋樂吧，終歸以一死了結。

亂曰：浩浩沅湘，分流汩兮。脩路幽蔽，道遠忽兮。

史記逐句有「兮」字，自此至篇末並同。「蔽」史記作「拂」，戴本作「茀」。

浩浩：廣大貌。汩：疾流貌。于筆切(ㄩˋ)。「幽蔽」「遠忽」，卽上文「杳杳」「靜默」

的意思。

【譯述】（尾聲）浩浩的沅水和湘水，滾滾地分流着。曼長的路，被雜草遮蔽着，遙遠而且幽深啊。

懷質抱情，獨無匹兮。伯樂既沒，驥焉程兮。

「懷質抱情」史記作「懷情抱質」。史記「沒」作「歿」，「驥」下有「將」字。朱云：「匹」當作「正」，字之誤也。以韻叶之，及以哀時命考之，則可見矣。（按哀時命云：「懷瑤象而佩瓊兮，願陳列而無正。」）

無正（匹）：沒有人平正其是非善惡，與抽思「幷日夜而無正」的「正」字意同。伯樂：古時善相馬的人。樂，音洛（ㄌㄜˋ）。程：量。意思是說較量才力。

【譯述】我懷着敦厚的性質，抱着忠直的眞情，孤獨的沒人評定我的好壞。伯樂已經死了，誰會認得出千里馬呢？

萬民之生，各有所錯兮。定心廣志，余何畏懼兮！

「萬民之生」一作「民生稟命」，史記作「人生有命」。「余」史記作「餘」。

錯：置，安。倉故切（ㄘㄨˋ）。

【譯述】人生受着運命的安排，各有定數。鎮定我的心，寬廣我的志吧，我還怕什麼呢！

曾傷爰哀，永歎喟兮。世溷濁莫吾知，人心不可謂兮。

朱云：此四句若依史記移著上文「懷質抱情」之上，而以下章「知死不可讓，願勿愛兮」承「余何畏懼兮」之下，文意尤通貫。但史記於此又再出，恐是後人因校誤加也。按朱說甚是。史記「懷情抱質」上有「曾唫恒悲兮，永歎慨兮。世既莫吾知兮，人心不可謂兮」四句，「余何畏懼兮」下又有「曾傷爰哀，永嘆喟兮。世溷不吾知，心不可謂兮」四句。

曾：重。音增(ㄗㄥ)。 爰哀：哀不止。爰，古通咺。(咺，香遠切。ㄒㄩㄢˇ)方言：「凡哀泣而不止曰咺。」(王念孫說) 喟：息。 謂：猶說。

【譯述】我的心裏充滿了重重的哀痛，大聲地嘆着氣。人間世是這樣混濁，沒有人知道我，人們的心是不可勸說的啊。

知死不可讓，願勿愛兮。明告君子：吾將以爲類兮！

「明」下史記有「以」字。

讓：辭。洪云：「屈子以爲知死之不可讓，則舍生而取義可也；所惡有甚於死者，豈復愛七尺之軀哉？」 類：法。 類，又可作例解，以爲忠臣不事亂君之例。(史記張守節正義)

愛，古音於既切。

【譯述】知道死是免不了的，我不必愛惜自己的身體。明明白白告訴世間的君子：我將要留下一個不朽的典型啊！

思美人

此以篇首三字爲篇名，是屈原放逐江南時所作。篇中「南人」，近人或以爲指南方蠻夷，故下云「變態」。

思美人兮，擥涕而竚眙。媒絕路阻兮，言不可結而詒。

擥涕：猶揮涕，擥，音覽(ㄌㄢˇ)。竚：久立。直呂切(ㄓㄨˋ)。眙：直視。丑吏切(ㄔˋ)。

【譯述】我思念着美人呀，揮着眼淚，站着獃獃地看。沒有媒人，道路阻隔着，言語不能打了結子送給人啊。

蹇蹇之煩冤兮，陷滯而不發。申旦以舒中情兮，志沈菀而莫達。

蹇蹇：通謇謇，和離騷「余固知謇謇之爲患兮」抽思「何獨樂斯之謇謇兮」均同，意思是忠貞貌或盡忠不阿順。陷滯：陷沒沉滯。不發：不得發揚。申旦：猶達旦。申，引而至的意思。（戴震說）菀：積。音鬱（ㄩˋ）。舒中情：發舒中情。莫達：不得通達。

【譯述】我的忠直的心非常煩亂，沉重地壓着發洩不出來。我到天亮都睡不着，鬱結着的情懷眞沒法兒表達。

願寄言於浮雲兮，遇豐隆而不將。因歸鳥而致辭兮，羌迅高而難當。

「迅」原作「宿」，洪校云：一云「羌迅高而難寓」。朱云：「迅」一作「宿」，「當」一作「寓」，皆非是。

豐隆：雲師。將：致，送。當：值。

【譯述】我想要託浮雲傳話，我遇見雲神豐隆，可是他不肯替我傳達。我想要託飛回去的鳥兒傳語，鳥兒飛得又快又高，很難碰頭。

高辛之靈盛兮，遭玄鳥而致詒。欲變節以從俗兮，媿易初而屈志。

「盛」一作「晟」，一作「威」。

靈盛：謂神靈德茂。史記五帝本紀：「帝嚳高辛者，黃帝之曾孫也。……生而神靈，自言其名。」玄鳥：燕。簡狄（嚳妃）侍帝嚳於臺上，有飛燕墮遺其卵，簡狄吞卵而生契。（契，說文作偰，音屑ㄒㄧㄝˋ，後爲堯司徒。）事見天問。 王云：「言殷契合神靈之祥知而生，於是性有賢仁，爲堯三公；屈原亦得天地正氣而生，自傷不遭聖主而遇亂世也。」 此因上章歸鳥難當而上感高辛之事，下愧若變節從俗，則將易初而屈志，故終不能爲。

【譯述】帝嚳有一件神異的事迹：他的妃子吞了燕蛋後來就生偰。——偰做了帝堯的司徒，我卻沒有這樣的運氣。我也想隨風轉舵，但是改變初心又覺得慚愧。

獨歷年而離愍兮，羌馮心猶未化。寧隱閔而壽考兮，何變易之可爲！

歷年：累年。 馮：和憑同。馮心：怨憤滿心。 未化：未同化於俗。 隱閔壽考：謂飲恨終身。

化，古音呼戈切。爲，古音譌。

【譯述】這些年來我老遇着痛心的事情，滿肚子的怨憤，卻還沒有被世俗所同化。我寧可抱恨終身，怎麼可以變更一向的主張呢？

知前轍之不遂兮，未改此度。車既覆而馬顛兮，蹇獨懷此異路。

「轍」一作「道」。

轍：車輪之迹。遂：達，通。覆：傾倒。顛：仆。　異路：謂和世俗殊異的路。

【譯述】我知道以前所走的路走不通，可是不肯改變這個作風。車已翻了，馬又跌倒，我單獨地懷念着這條大家不贊成的路子。

勒騏驥而更駕兮，造父為我操之。遷逡次而勿驅兮，聊假日以須旹。指嶓冢之西隈兮，與纁黃以為期。

「隈」一作「隅」。「纁」一作「曛」。

勒：馬頭絡銜。更：平聲（ㄍㄥ）。造父：善御者，幸於周穆王。見史記趙世家。造，七到切（國音念ㄗㄠˋ）。父，音甫（ㄈㄨˇ）。操之：是說執轡。操，平聲（ㄘㄠ）。遷：猶進。逡次：猶逡巡，行不進貌。逡，七倫切（ㄑㄩㄣ）。次，七私切，又音咨（ㄗ）。假日：假延日月。須：待。旹：古時字。嶓冢：山名。漢水所出。在今陝西沔縣西南。嶓，音波（ㄅㄛ）。隈：猶隅。纁：淺絳。音熏（ㄒㄩㄣ）。纁黃：日將入時色赤而黃。一云：纁黃卽昏黃。纁昏古音相近，得相通借。（孫詒讓說）

朱云：「以馬既顛，故更駕駿馬，使善御者操其轡，逡巡而不速往，但期至於荒阪絕遠之地，以窮日之力而自休焉。蓋知世路之不可由，而欲遠去以俟命也。」

【譯述】我換上了駿馬來駕車，叫造父替我拿着韁繩。我慢慢地遊行着，不必馳驅，偷閒過着日子，姑且等待機會。我要在黃昏的時候，到了嶓冢的西邊。

開春發歲兮，白日出之悠悠。吾將蕩志而愉樂兮，遵江夏以娛憂。

「將」一作「且」。

悠悠：遠貌。　蕩：滌。

【譯述】在一年開始的春天，太陽出來光輝遠遠地照着。我沿着大江夏水消遣着，要把自己的憂悒的胸懷洗滌一番。

擥大薄之芳茝兮，搴長洲之宿莽。惜吾不及古人兮，吾誰與玩此芳草。

「擥」一作「㩜」。「茝」一作「芷」。「古」下一本有「之」字。

擥(攬)：採。　薄：叢薄。　茝：卽白芷。昌改切(ㄔㄞˇ)。　搴：拔取。音蹇(ㄐㄧㄢˇ，又讀ㄑㄧㄢ)。　水中可居住的地方叫做洲。　草多生不死者，楚人叫做宿莽。　不及：謂生不及同時。　玩：弄。

草，釆古切，蓋方音。

【譯述】我採了草叢裏的芬芳的白芷，拔來狹長的洲渚上的冬天不死的宿莽。可惜我生得太遲了，趕不上古時候的人，我跟誰玩弄這些香草呢？

解萹薄與雜菜兮，備以爲交佩。佩繽紛以繚轉兮，遂萎絕而離異。

「紛」下「以」字一本作「其」。

萹：萹蓄。又叫做萹竹。赤莖節，好生道旁。萹，音匾（ㄅㄧㄢˇ）。萹薄：萹蓄之成叢者。雜菜：惡菜。交佩：左右佩。萹蓄雜菜皆非芳草，故言解去二物，而以上文之芳茝宿莽備爲交佩。繚：繞。音了（國音念ㄌㄧㄠˊ）。繚轉：縈回於左右。繽紛繚轉：言佩之美。萎：草木枯死。於規切（ㄨㄟ）。萎絕：枯落，黃落。

【譯述】我解下成束的萹竹和惡菜，用白芷和宿莽結成左右佩。這些左右佩眞是漂亮呀，可是一會兒就乾枯落掉，沒人喜歡。

吾且儃佪以娛憂兮，觀南人之變態。竊快在中心兮，揚厥憑而不竢。芳與澤其雜糅兮，羌芳華自中出。

南人：指南方蠻夷。一說：南人變態，謂楚俗改易。竊快在中心二句，朱云：「樂其所得於中者，以舒憤懣，而無待於外。」

【譯述】我暫且徘徊着解解憂愁，看看那些南方蠻子的古怪樣子。我心裏恍然大悟，暗地高興，這樣我的憤懣的情思就能夠發泄出來了。芳香和光澤糅合着，我的芬芳的花朵是從內心開出啊。

紛郁郁其遠蒸兮，滿內而外揚。情與質信可保兮，羌居蔽而聞章。

「蒸」原作「承」，洪校云：「承」一作「蒸」。今從洪校一本。朱本、戴本都作「烝」。按「烝」和「蒸」同，「蒸」「承」形近而誤。

郁郁：盛。蒸(烝)：升。謂芳氣遠聞。信：誠實。聞：名譽。去聲(ㄨㄣˋ)。章：彰顯。

【譯述】香氣是那麼濃烈，很遠都可以聞得到，裏邊充足自然會顯露在外邊。只要性情誠實可靠，就是住在偏僻的地方也會有名。

令薜荔以為理兮，憚舉趾而緣木。因芙蓉而為媒兮，憚蹇裳而濡足。

薜荔：蔓生，攀緣樹木牆垣，又叫做木蓮。憚：畏難，畏懼。徒案切(ㄉㄢˋ)。芙蓉：蓮花。蹇：讀若褰，起虔切(ㄑㄧㄢ)，意謂摳衣。

【譯述】我要叫薜荔做介紹人，又怕舉起腳趾攀緣樹木。我要託荷花做媒人，又怕撩起衣裳涉水弄溼了腳。

登高吾不說兮，入下吾不能。固朕形之不服兮，然容與而狐疑。

登高：承緣木言。說：音悅，和「悅」同。入下：承濡足言。不服：不卑屈以求人。然：猶乃。

【譯述】我既然不喜歡爬高，又不能夠入水。我的樣子實在高傲倔強呀，於是我彷徨着，遲疑着。

廣遂前畫兮，未改此度也。命則處幽吾將罷兮，願及白日之未暮。獨煢煢而南行兮，思彭咸之故也。

一本「暮」下有「也」字。

廣遂：多方以遂之。遂作「成」「達」解。罷：音疲（ㄆㄧˊ），通「疲」。煢煢：孤特貌。渠營切（ㄑㄩㄥˊ）。

【譯述】我要推行從前的計畫，不肯改變我這個作風。命運注定我要蜷伏在荒僻的地方，我將疲倦了，只希望趁太陽未落下以前作最後的努力。我孤孤單單地往南邊走，因為心裏老想念着彭咸的緣故啊。

惜往日

這篇亦以首句開頭三字名篇，是屈原最後的作品。因爲篇末有「不畢辭而赴淵兮」一語，故當作於懷沙之後。

惜往日之曾信兮，受命詔以昭時。奉先功以照下兮，明法度之嫌疑。

「時」原作「詩」，洪校云：「詩」一作「時」。今從洪校一本。朱本、戴本都作「時」，戴云：蓋字形之誤。

篇首屈子追述曾得懷王信任的舊事。史記屈原傳：「屈原……博聞彊志，明於治亂，嫺於辭令，入則與王圖議國事，以出號令，出則接遇賓客，應對諸侯，王甚任之。」昭時：昭明時政。先功：先君的功烈。屈原傳：「懷王使屈原造爲憲令，屈平屬草藁未定，上官大夫見而欲奪之，屈平不與，因讒之曰：『王使屈平爲令，衆莫不知。每一令出，平伐其功，曰以爲非我莫能爲也。』王怒而疏屈平。」懷王起初曾使屈原造爲憲令，後來聽了讒言遂不信任他，所以下文云，「遭讒人而嫉之。」嫌疑：謂事有同異而可疑者。

【譯述】眞使我惋惜啊，從前我曾經得到你的信任，接受命令刷新政治。我把先王的功業宣示民衆，辨明法規有模稜可疑的地方。

國富強而法立兮，屬貞臣而日娭。祕密事之載心兮，雖過失猶弗治。

屬：付。音燭（ㄓㄨˇ）。貞臣：忠正之臣，屈原自謂。娭：嬉樂。音嬉（ㄒㄧ），和「嬉」同。日娭：日日嬉樂，所謂「逸於得人」。祕密事之載心：國家祕密之事都載於其心。治：音持，平聲（ㄔˊ）。這句的意思是：雖偶或有過失，亦寬容而不治其罪。

【譯述】因此國家富強，人民遵守法令，你把政事委託忠臣，天天逍遙自在。我把祕密的國家大事藏在心裏，就是偶然犯了過失也會得到寬赦。

心純庬而不泄兮，遭讒人而嫉之。君含怒而待臣兮，不清澂其然否。

「澂」原作「澈」，洪校云：「澈」一作「澂」。今從洪校一本。朱本、戴本都作「澂」。庬：厚。莫江切（ㄇㄤˊ，又念ㄆㄤˊ）。泄：漏。清澂：猶審察。

否，古音方尾切。

【譯述】我的心專一厚道，守口如瓶，誰曉得竟引起長舌的小人們的妒忌。你只會對臣子發脾氣，不把事情的對或不對看個清楚。

蔽晦君之聰明兮，虛惑誤又以欺。弗參驗以考實兮，遠遷臣而弗思。信讒諛之溷濁兮，盛氣志而過之。

「虛惑誤」一作「惑虛言」。

方晞原云：「上言懷王時，此言頃襄時。」 虛：空言。 惑誤：疑而誤之。 遠遷臣：謂遷之江南。 盛氣志：謂呵罵遷怒。 過之：猶「督過之」。

【譯述】小人們無中生有，欺騙你，把你弄得糊裏糊塗。你不調查事實，就把忠臣放逐到遠遠的地方，再也沒有想到他。你最相信那些卑鄙的花言巧語，老是生氣，挑剔忠臣的過失。

何貞臣之無辠兮，被離謗而見尤。慙光景之誠信兮，身幽隱而備之。

「辠」一作「罪」。「離」一作「讒」。 按「辠」即「罪」字，秦始皇以「辠」似皇（皇）字，改爲「罪」。

離謗：謂誹謗以離其上下之交。 景：光。言己誠信甚著。 幽隱：謂放廢。 備之：備受讒謗。

【譯述】爲什麼沒有罪的忠臣，受到流言就被譴責呢？我的心地光明正大，竟被放逐到荒僻的地方，這多麼使我慚愧啊。

臨沅湘之玄淵兮，遂自忍而沈流。卒沒身而絕名兮，惜壅君之不昭。

「沅」一作「江」。「遂」一作「不」。「絕」一作「滅」。「壅」一作「廱」，戴本作「雝」，古字通用，下同。

玄：黑。淵之深者，水成黑色，所以說玄淵。沈流：沈沒於清流。卒：終於。壅：蔽。音擁（ㄩㄥˇ），又音邕（ㄩㄥ）。壅君：被壅蔽之君。這二句的意思是說：自己沈流之後，身死名絕，不足深惜，但痛惜君爲讒人所蔽，受不明之咎。一說：但惜讒人壅君之罪遂不昭著。

昭，讀如周，蓋方音。

【譯述】對着湘水黑色的深潭，我含着寃屈將要跳到水裏去。自己就是身死名滅也不在乎，可惜你被小人們蒙蔽，弄得昏頭搭腦。

君無度而弗察兮，使芳草爲藪幽。焉舒情而抽信兮，恬死亡而不聊。

度：心中分寸。無度：謂不知長短。亦卽內無節度的意思。藪：大澤。音叟（ㄙㄡˇ）。藪幽：藪澤之幽暗。這句的意思是說：芳草宜種於階庭，今反使藪澤爲遮蔽而致幽暗。抽信：抽繹誠心以示於人。恬：安。言安於死亡。不聊：言不苟生。聊，古音力求切。

【譯述】你看人沒有眼光，讓香草生滿了低濕的地帶，不去瞅睬。怎麼能夠表示我的誠信的心啊，我寧可馬上死掉，不願意偸生。

獨鄣壅而蔽隱兮，使貞臣爲無由。聞百里之爲虜兮，伊尹烹於庖廚。

「爲無由」一作「而無由」。

無由：無路可行。百里爲虜：晉獻公虜虞君與其大夫百里奚，以百里奚爲秦繆（穆）公夫人媵（陪嫁的奴僕），百里奚亡走宛，楚鄙人執之。繆公聞其賢，以五羖羊皮贖之，釋其囚，與語國事，大悅，授以國政，號曰「五羖大夫」。見史記秦本紀。伊尹：商湯賢相。參看離騷「摯咎繇而能調」句和註解。孟子萬章上：「人有言：伊尹以割烹要湯。」「要」，當「求」講。蓋戰國時有這傳說。廚，古音池由切。

【譯述】你受了小人們的包圍，使得忠臣沒路可走。聽說百里奚曾經做過俘虜，伊尹也做過廚子。

呂望屠於朝歌兮，甯戚歌而飯牛。不逢湯武與桓繆兮，世孰云而知之。

呂望：名尙，字子牙。本姓姜氏，其先封於呂，從其封姓，故曰呂尙。避紂居東海之濱，聞文王作興，而往歸之，至於朝歌，道窮困，因自鼓刀而屠，遂西釣於渭濱。文王出獵而遇之，遂載以歸，立爲師，號爲太公望。後佐武王克殷，封於齊。參看離騷「呂望之鼓刀兮」等句和註解。　朝歌，殷都，在今河南淇縣東北。朝，知苗切（ㄓㄠ）。　甯戚：衞人，修德不用，退而商賈，宿齊東門外。齊桓公夜出，甯戚方飯牛，叩角而商歌。桓公聞之，知其賢，召爲客卿。　飯牛：飯，上聲（國音不分，念ㄈㄢˋ），以食物飼畜。　繆：音穆（ㄇㄨˋ）。秦繆公左傳作穆公。

牛，古音疑。

【譯述】呂望曾經在朝歌市場上做屠夫，甯戚敲着牛角唱歌，在車下餵牛。假如不遇到商湯武王和桓公穆公，世間誰會知道他們呢？

吳信讒而弗味兮，子胥死而後憂。介子忠而立枯兮，文君寤而追求；封介山而爲之禁兮，報大德之優游。

子胥事已見涉江註中。　味：譬之食物咀嚼而審其美惡。　介子：介子推。（名推，亦作介之推。）文君：晉文公。文公爲公子時，遭驪姬之譖而出奔，介子推從行，道乏食，子推割股肉以食文公。文公得國，賞從行者，不及子推。子推隱于緜上山中。文公覺悟而求之，子推不出，文公因燒其山，子推抱樹自燒而死。文公遂封緜上之山，號曰介山，禁民樵採，使奉子推祭祀，以報其德。其事見左傳僖公二十四年及史記晉世家，惟王逸註和左傳史記頗有出入，以上根據王逸和朱熹註。 枯：謂焚死。子推抱樹而被燒死，所以說立枯。莊子盜跖篇亦有「抱木而燔死」之說。 寤：覺。 優游：大德之貌。

【譯述】吳王相信甜言蜜語，不理會伍子胥的勸諫，伍子胥死了，吳國不久也就滅亡掉。介之推是一個忠臣，晉文公後來覺悟了去尋找他，他卻不肯出來，抱着樹被燒死；文公把緜山改名叫介山，禁止砍伐樹木，來報答介之推的恩惠。

思久故之親身兮，因縞素而哭之。或忠信而死節兮，或訑謾而不疑。

「訑」一作「訑」，戴本作「詑」。

親身：切於己身，謂割股救己。 縞素：白緻繒。縞，音杲（ㄍㄠˇ）。 死節：守節而死。

訑、謾：都是「欺」的意思。訑，音移（ㄧˊ）。謾，謨官切（ㄇㄢˊ）。（上一字戴震本作「詑」，引說文云：「沇州謂欺曰詑。」託何切ㄊㄨㄛ。）

【譯述】回想從前介之推割股救自己的命，文公穿了白綢的喪服哭他。忠實的人往往爲正義犧牲，欺詐的人反受國王的信任。

弗省察而按實兮，聽讒人之虛辭。芳與澤其雜糅兮，孰申旦而別之？

省：視，審。息井切（ㄒㄧㄥˇ）。

【譯述】你不考察事實，愛聽那些壞蛋的捕風捉影的話。芳香和光澤糅合着，誰到天亮不睡覺去分別它們呢？

何芳草之早殀兮，微霜降而下戒。諒聽不明而蔽壅兮，使讒諛而日得。

「殀」一作「夭」。「聽不明」一作「不聽明」。

殀：早死，短折。同夭。音杳（ㄧㄠˇ）。下戒：向下方警戒。諒：信，良。聽：聰。（廣雅釋詁）聽不明：卽聰不明。易噬嗑：「何校滅耳，聰不明也。」夬：「聞言不信，聰不明也。」「聰不明」是古之恆語。得：得志。

戒，古音訖力切。

【譯述】爲什麼香草這樣早就枯死啊，因爲肅殺的薄霜正蓋住了大地。鯁直的話你簡直一句也聽不進，花言巧語的人越來越得勢。

自前世之嫉賢兮，謂蕙若其不可佩。妒佳冶之芬芳兮，嫫母姣而自好。

「佳」一作「娃」。

若：杜若。葉似薑，味辛香。冶：容貌之豔者曰冶容。嫫母：古時醜女。說文云：「嫫母，古帝妃都醜也。」（都醜猶言極醜。）一云：黃帝妻，貌甚醜。嫫，音謨（ㄇㄛˊ）。姣：妖媚。音絞（ㄐㄧㄠˇ，又念ㄐㄧㄠ）。

【譯述】自從前代到現在一直排斥好人，說蕙草和杜若不可佩掛。漂亮芳香的惹人妒忌，醜陋的嫫母以爲自己妖豔好看。

雖有西施之美容兮，讒妒入以自代。願陳情以白行兮，得罪過之不意。

西施：越美女，句踐得之以獻吳王。見越絕書。西施嫫母（嫫母），又見淮南子脩務訓。白：明。行：下孟切，去聲（ㄒㄧㄥˋ）。白行：自明其行之無罪。不意：出於意外。代，古音徒旣切。

【譯述】雖然有像西施那樣的美麗的容貌，卻讓挑撥妒忌的女人奪去了寵愛。我想替自己剖白一番，我的得罪眞是出於意外啊。

情冤見之日明兮，如列宿之錯置。乘騏驥而馳騁兮，無轡銜而自載；

「冤」一作「宛」。

情冤：實情和冤枉。 列宿：謂諸星宿。宿，音秀（ㄒㄧㄡˋ）。錯，倉各切（ㄘㄨㄛˋ）。這二句是說：自己的實情和冤枉日益明白，如列宿之在天。 騏驥：駿馬。此但取其疾足而言。轡：馬韁。銜：馬勒。載：乘。無轡銜而自載：是說沒有轡銜與御者而自乘載。載，古音子置切。

【譯述】我的冤枉的事實非常明白，好像天空裏錯列着的星斗。乘着橫衝直撞的野馬，沒有繮繩和勒銜獨自奔騰；

乘氾泭以下流兮，無舟楫而自備；背法度而心治兮，辟與此其無異。

「辟」一作「譬」。

泭：編木以渡。氾泭：漂浮着的木排。氾音汎（ㄈㄢˋ），泭音敷（ㄈㄨˊ）。無舟楫而自備：是說沒有舟楫與舟人而自爲備禦。 心治：以私意自爲治。 辟：和譬同。 「騏驥馳騁」（上文）、「氾泭下流」，言其駿險難制。恃有「轡銜」（上文）「舟楫」，喻爲治必以法度。

【譯述】乘着驚駭危險的木排，沒有船隻和槳獨自漂流：違背了法度光憑自己的意思來統治國家，跟上面這些情形眞沒有什麼不同呢。

寧溘死而流亡兮，恐禍殃之有再。不畢辭而赴淵兮，惜壅君之不識。

「而赴」朱本作「以赴」。

溘：奄忽。渴合切（ㄎㄜˋ）。溘死流亡：謂意欲淹沒，隨水流去。恐禍殃之有再：是說懷王因不聽屈原的話，而召秦禍，辱死異國；今頃襄王又聽羣小之譖，恐禍殃再發，國將傾覆。不畢辭而赴淵：意思是說：陳詞未終，卽將自投於水。一說：設若不盡其辭，而閔默以死，則上官靳尚之徒壅君之罪，誰嘗記之耶？識：記。音志（ㄓˋ）。再，古音子智切。

【譯述】我寧可一下子死掉，讓屍體被水沖去，因爲恐怕災禍會再發生。我的話還沒說完就要跳到深潭裏，可惜你被小人們所蒙蔽，記不得覆車的鑑戒。

橘頌

讚美橘有此德，所以叫做頌。屈原蓋又以自況。篇中有「幼志」和「年歲雖少」等語，據清朝陳本禮說，大概是屈子早年的作品。

后皇嘉樹，橘徠服兮。受命不遷，生南國兮。

后皇：后土皇天。　徠：和來同。服：習。這二句的意思是說：皇天后土生此嘉美的橘樹，異於衆木，來服習於南國的風氣。　史記貨殖列傳云：「江陵千樹橘，……與千戶侯等。」楚國正是產橘之地。　受命：稟受天命。　遷：移徙。考工記：「橘踰淮而北爲枳。」所以說「受命不遷」。舊說：屈原自比志節如橘，亦不可移徙。篇內意皆倣此。

【譯述】在溫暖的氣候裏，生長着這美好的橘樹。天地所生，不可移植，你只適宜種於南方啊。

深固難徙，更壹志兮。綠葉素榮，紛其可喜兮。

「榮」一作「華」。

素榮：白花。

【譯述】你的根生得又深又牢，不容易遷移，你的意志非常專一。綠葉白花，這樣茂盛，眞使人喜歡啊。

曾枝剡棘，圓果摶兮。青黃雜糅，文章爛兮。

「圓果」一作「圜實」。

曾：重。音增（ㄗㄥ）。曾枝：是說橘枝重累。剡：利。以冉切（一ㄢˇ）。棘：謂橘樹枝刺。摶：圓。音團（ㄊㄨㄢˊ）。青黃雜糅：是說橘實或未熟尚青，或已熟色黃，爛然相雜。文章：猶文采。

【譯述】椏杈繁密，生着尖銳的刺，滿樹掛着圓圓的果實。橘子有未熟的，有已熟的，青黃相間，色彩多麼燦爛啊。

精色內白，類任道兮。紛緼宜脩，姱而不醜兮。

「類任道兮」原作「類可任兮」，洪校云：一云「類任道兮」。今從洪校一本。朱本、戴本都作「任道」。按「道」與「醜」韻。

精：明。精色：外色精明。內白：內懷潔白，兼皮裏、瓤、子三者言。類任道：言外精內白，似有道者。紛緼：盛貌。紛音墳（國音念ㄈㄣ），緼音氳（ㄩㄣ）。醜：惡。

【譯述】橘子外面的顏色鮮明，裏面潔白，好像有道德的人物。蕪穢的枝條應該常常修剪，使你美觀，使你不難看啊。

嗟爾幼志，有以異兮。獨立不遷，豈不可喜兮。

爾：指橘而言。幼志：言自幼已有此志，其本性如此。

【譯述】啊啊，你的幼小的志向，就和別的植物不同。亭亭直立着，不可移種在別的地方，豈不是使人喜歡嗎？

深固難徙，廓其無求兮。蘇世獨立，橫而不流兮。

廓：空。洪云：「凡與世遷徙者，皆有求也。吾之志舉世莫得而傾之者，無求於彼故也。」

蘇：死而復生。這裏是說：橘樹經採摘剝折後，必復有萌芽。一說：蘇作寤解，蘇世，謂蘇醒世人。橫而不流：謂能橫遮自持而不隨流俗，即中庸「強哉矯」的意思。一說：獨立之志，不因橫逆而流。

【譯述】你的根又深又牢，不容易轉移，好像淡泊無求的君子。雖然被人採摘攀折，又會生長，依舊聳立着，不會隨波逐流啊。

閉心自愼，終不過失兮。秉德無私，參天地兮。

「終不」原作「不終」，此從洪校一本。朱本、戴本亦作「終不」。「過失」原作「失過」，此從朱戴本。江永云：「『地』與『失』去入爲韻，或作『失過』者非。（古韻標準）王應麟云：『龔氏注中說，引古語云：『上士閉心，中士閉口，下士閉門。』」自愼：謹愼自守。秉：執。參天地：謂參配天地。

【譯述】你是清心寡欲，又能夠謹愼，沒有犯什麼過失。懷着公正無私的道德，可以和天地相配啊。

願歲幷謝，與長友兮。淑離不淫，梗其有理兮。

謝：辭去。這二句是說：己年雖與歲月俱逝，願長與橘爲友。淑：善。離：與麗通。下二句是說：橘之章色善麗，而不淫邪，又有文理。（孫詒讓說）舊解：離，如離立，言其孤特。梗：堅，強。理：謂文理。

友，古音羽已切。

【譯述】日子過去，我的歲數增加了，我願意永遠跟你做朋友。你是那麼美麗，可是不淫豔，你是堅強挺立而且枝葉扶疏啊。

年歲雖少，可師長兮。行比伯夷，置以爲像兮。

少：去聲(ㄕㄠˋ)。凡橘易壞，不如松柏之久長，故云年少。(陳第屈宋古音義) 長：上聲(ㄓㄤˇ)。可師長：言可爲人師長。行：去聲(ㄒㄧㄥˋ)。比：近。音鼻(ㄅㄧˋ)。伯夷：孤竹君的長子。父欲立少子叔齊，叔齊以讓伯夷，伯夷又不肯受，兄弟兩人俱棄國逃去。聞西伯(文王)善養老，乃往歸周。及武王伐紂，伯夷叔齊扣馬而諫，武王不聽，遂不食周粟，餓死於首陽山。見史記伯夷列傳。

【譯述】你的年齡雖然不大，卻可以當人家的老師。德行可以比伯夷，應該把你種在園裏做我們的模範啊。

悲回風

這章也是以開頭三字作篇名。本篇裏面用了好多雙聲疊韻和重言的聯緜字，如「相羊」「歔欷」「嗟嗟」「凄凄」「曼曼」「從容」「周流」「逍遙」「於邑」「髣髴」「踊躍」「惆悵」「曶曶」「冉冉」「穆眇眇」「莽芒芒」「藐蔓蔓」「縹緜緜」「翩冥冥」「罔芒芒」「漂翻翻」等，所以在九章中，悲回風的音節最是悲切和諧。

悲回風之搖蕙兮，心冤結而內傷。物有微而隕性兮，聲有隱而先倡。

「冤」一作「宛」。

回風：旋轉之風。冤結：冤屈鬱結。物：指蕙。隕：落。聲：風聲。倡：始。

「物有微而隕性」二句是說：秋令已行，微物凋隕，風聲雖然無形，而實爲之先導。

【譯述】旋風刮着，搖動蕙草，我的心多麼鬱悶悲痛啊。風聲雖然是無形的，可是它首先使香草凋落。

夫何彭咸之造思兮，暨志介而不忘。萬變其情豈可蓋兮，孰虛僞之可長？

造思：猶言設心。暨：與。這二句是說：自己遙思古代的彭咸，欲與同介然之志，久而不忘。一說：介，當節解。　蓋：掩。

【譯述】我爲什麼常常想念着古代的彭咸啊，因爲要效法他那骾直的氣節。千變萬化的情意哪裏可以掩飾，虛僞的人怎麼會長久呢？

鳥獸鳴以號羣兮，草苴比而不芳。魚葺鱗以自別兮，蛟龍隱其文章。

鳥獸：喻讒人。　號：呼。音豪（ㄏㄠˊ）。　苴：枯草。七如切，又子閭切（ㄐㄩ）。又草枯叫做苴。比：合。音鼻（ㄅㄧˋ）。言合其莖葉。　葺：累。言其鱗相次。　蛟：似蛇，四腳細頸，龍屬。　下二句喻羣小從事，賢者不得不伏處深藏。

【譯述】飛鳥和走獸叫着尋找它們的同伴，草兒枯萎了，葉子合攏來，失掉香氣。魚生着密密的鱗表示特異，龍反把它的文采隱藏起來。

故荼薺不同畝兮，蘭茝幽而獨芳。惟佳人之永都兮，更統世而自貺。

荼：苦菜。音徒（ㄊㄨˊ）。薺：甘菜。集禮切（ㄐㄧˋ）。畝：六尺爲步，步百爲畝。這句是說荼苦而薺甘，不同畝而生。獨芳：意思是人莫知其芳香。佳人：猶言君子。一說：佳人，屈原自謂。又一說：指彭咸。都：美。更：歷。平聲（ㄍㄥ）。統：系。統世：猶世系。既：猶愛。一說：既，與。

【譯述】所以苦菜和薺菜不在一塊土地上生長，蘭草白芷在荒野放出香氣，沒人瞅睬。君子該是永遠美好的啊，經過了兩朝的老臣仍舊淸白自愛。

眇遠志之所及兮，憐浮雲之相羊。介眇志之所惑兮，竊賦詩之所明。

眇：也是「遠」的意思。這句是說：自己的志願所及高遠。浮雲：喻其志高遠而無所據依，與世難合。相羊：浮游之貌。介：獨，特。竊：私。謙辭。賦：鋪。詩：志。謂鋪陳其志。下二句的意思是說：閒於疑惑，則又賦詩可明。

【譯述】我的志願又高又遠，可憐跟浮雲一樣地飄蕩無依。正直遠大的志向被人懷疑，我只有靠着做詩來表明啊。

惟佳人之獨懷兮，折若椒以自處。曾歔欷之嗟嗟兮，獨隱伏而思慮。

「若」一作「芳」。「曾」一作「增」。

處：居。曾：累。增與通。歔欷：悲者口鼻出氣；哀泣之聲。歔音虛（ㄒㄩ），歔音希（ㄒㄧ）。

【譯述】我獨自想念着君子呀，拗來杜若和香椒裝飾我的屋子。我不斷地啜泣嘆氣，雖然坍了臺還是丢不開國家大事。

涕泣交而淒淒兮，思不眠以至曙。終長夜之曼曼兮，掩此哀而不去。

「交」下一有「下」字，一有「流」字。「以至」一作「而極」。

淒淒：流貌。洪云：寒涼。曙：明。曼曼：長貌。掩：撫，止。

【譯述】我的眼淚滂沱，心裏一直在想，到天亮都睡不着。度過了曼長的黑夜，我沒法斷絕這悲哀的情緒。

寤從容以周流兮，聊逍遙以自恃。傷太息之愍憐兮，氣於邑而不可止。

寤從容以周流：王逸云：「覺立徙倚而行步也。」王夫之云：「周流，遊行也。」聊逍遙以自恃：聊且游戲內以自娛。於邑：鬱抑，逆結。又短氣貌。於，音烏（ㄨ）。邑，烏合切（ㄜˋ）。或並如字。

【譯述】早上我起來出去散步，暫且漫遊着自己找點兒消遣。可是我的鬱悶終於解不了，我長聲嘆息，苦惱傷心。

糺思心以爲纕兮，編愁苦以爲膺。折若木以蔽光兮，隨飄風之所仍。

糺（糾）：戾，紐結。吉酉切（ㄐㄧㄡˇ）。思心：憂思的心。纕：佩帶。音襄（ㄒㄧㄤ）。編：結。膺：胸。謂絡胸者。戴云：「釋名所謂心衣。」按卽俗云兜肚。若木：木名，生崑崙西極，日所入處，其華光照下地。若木已見離騷。光：謂日光。仍：因，就。「折若木」二句，王云：「言己願折若木以蔽日，使之稽留，因隨羣小而遊戲也。」朱云：「欲自晦而隨俗也。」

【譯述】我紐合着憂心當佩帶，編結着愁苦當兜肚。我拗來若木遮蔽太陽的光，隨着旋風飄來飄去。

存髣髴而不見兮，心踊躍其若湯。撫珮衽以案志兮，超惘惘而遂行。

「踊躍」一作「沸熱」。

髣髴：謂形似，蓋指君而言。心踊躍若湯：意思是說，心中沸熱如湯。衽：衣襟。案：抑。和「按」同。惘惘：失志貌。超惘惘：失志偟遽。

【譯述】你的相貌彷彿還留在我的腦底，可是不能見面，我的心好像滾水一樣地激動。我拉正衣裳把心鎮靜一下，我非常失望立刻又要出發。

歲曶曶其若頽兮，旹亦冉冉而將至。薠蘅槁而節離兮，芳以歇而不比。

「以」一作「已」。

曶：音忽（ㄏㄨ），和「忽」同。頽：下墜。旹：古時字。謂衰老之期。薠：草名，秋生，南方湖澤多有之。音煩（ㄈㄢˊ）。槁：枯。舊音考。（國音念ㄍㄠˇ。）節離：草枯則節處斷落。以：通已。比：合。音鼻（ㄅㄧˋ）。不比：謂葉落香散。

【譯述】日子匆匆地過去就像東西往下面掉，衰老的時期也漸漸要到來。白薠和杜蘅乾枯了，芳香消失掉，葉子完全凋落。

憐思心之不可懲兮，證此言之不可聊。寧逝死而流亡兮，不忍爲此之常愁。

「逝」一作「溘」。「爲此」一作「此心」。

懲：戒，止。不可懲：意思是說：不可懲戒而抑止之。此言：謂所言。聊：賴。這句是說：如今證明王終不能用我，雖有所言，不可聊賴。

【譯述】可憐我按不下心裏的憂傷，事實證明了我從前所說的沒有一點兒用。我寧可一下子死掉，讓屍體被水沖去，我受不住這沒止境的哀愁啊。

孤子唫而抆淚兮，放子出而不還。孰能思而不隱兮，昭彭咸之所聞。

「昭」原作「照」，洪校云：「照」一作「昭」。今從洪校一本。朱本、戴本都作「昭」。

孤：幼而無父曰孤。　唫（吟）：歎。　抆：拭。音吻（ㄨㄣˋ）。　放：棄逐。　隱：痛。

昭：明。昭彭咸之所聞：意思是說，見所傳聞於彭咸者，正與己相類。

【譯述】我像孤兒似的低聲哭着揩着眼淚，放逐的人一出去就不得回來。誰能夠思念着不傷痛呢？以前聽到關於彭咸的事跡現在完全明白了。

登石巒以遠望兮，路眇眇之默默。入景響之無應兮，聞省想而不可得。

山小而銳曰巒。巒，落官切（ㄌㄨㄢˊ）。　眇眇：遠貌。　默默：寂無人聲。　景（影）：物之陰影。於境切（ㄧㄥˇ）。　省：察，審。息井切（ㄒㄧㄥˇ）。　陳第云：「山高路遠，故影響俱無，而視聽寂滅。」

【譯述】爬上小山向遠處看着，道路迢迢，冷冷清清。越進去山野間連人的影子和回聲都沒有，耳聽眼看心想，一片沉寂空虛。

愁鬱鬱之無快兮，居戚戚而不可解。心鞿羈而不開兮，氣繚轉而自締。

「快」一作「決」。「開」原作「形」，洪校云：「形」一作「開」。今從洪校一本。朱本、戴本都作「開」。

解：除。　鞿羈：中心係結的意思。鞿，居依切（ㄐㄧ）。羈，居宜切（ㄐㄧ）。參看離騷「余雖好脩姱以鞿羈」句下註解。　締：結而不可解。繚轉自締：謂其氣繚繞回轉而自相結。

解，古音紀。

【譯述】我沒有一點兒愉快，鬱悒憂慼地過着日子。我的心裏悶氣繚繞着，盤結着，簡直排遣不開。

穆眇眇之無垠兮，莽芒芒之無儀。聲有隱而相感兮，物有純而不可為。

穆：幽遠。（王夫之通釋）　芒芒：廣大貌。芒，莫郎切（ㄇㄤˊ）。儀：匹。芒芒無儀：猶言廣大無比。　聲有隱而相感：意思是說：冀其可以感悟君心。　物有純而不可為：王云：「松柏冬生，禀氣純也。」陳第云：「謂如松柏之純堅，不可易也。」

【譯述】天空是高遠沒盡頭啊，漫山遍野草木叢生。聲音雖然是無形的，卻可以感動人；堅強的松柏，不能用人力來改變它。

藐蔓蔓之不可量兮，縹緜緜之不可紆。愁悄悄之常悲兮，翩冥冥之不可娛。淩大波而流風兮，託彭咸之所居。

藐：遠。音邈（ㄇㄧㄠˇ，舊讀入聲）。 藐蔓蔓之不可量：王云：「八極道理，難算計也。」「藐蔓蔓」一作「邈漫漫」。

縹：微細。匹妙切（ㄆㄧㄠˇ）。一說：縹，長組之貌。 紆：縈。不可紆：言愁思之多。縹緜緜之不可紆：王云：「細微之思，難斷絕也。」 悄悄：憂貌。親小切（ㄑㄧㄠˇ）。翩：疾飛。翩冥冥：謂疾飛遠去。 流：猶隨。

【譯述】廣遠曼長，不可測量啊；微細的愁思，眞難斷絕。我的心常常悲痛，我要向着太空很快地飛去，可是沒法尋找快樂。我要隨着狂風猛浪飄流，葬身於彭咸所住的地方。

上高巖之峭岸兮，處雌蜺之標顚。據青冥而攄虹兮，遂儵忽而捫天。

峭：峻。七笑切（ㄑㄧㄠˋ）。 雌蜺（霓）：雄曰虹，謂明盛者；雌曰蜺，謂暗微者。參看離騷「帥雲霓而來御」下註釋。 標：杪。 顚：頂。 青冥：空宇。 攄：舒。敕居切（ㄕㄨ）。攄虹：發氣成虹。 儵忽：急疾貌。儵，音叔（ㄕㄨˋ），和「倏」同。 捫：撫。

音門（ㄇㄣˊ）。自「上高巖之峭岸兮」以下多想像之詞，言遊心高遠，欲自遣愁，而愁思終於不能排遣。

顛，古音都因切。

【譯述】我爬上那高峻的巖石，在雌蜺的頂端逗留着。我在碧空裏呵氣成虹，又升上去摸揉着天宇。

吸湛露之浮涼兮，漱凝霜之雰雰。依風穴以自息兮，忽傾寤以嬋媛。

「涼」原作「源」，洪校云：「源」一作「涼」。朱云：作「源」非是。

湛：厚。漱：盪口。雰雰：霜貌。雰，音芬（ㄈㄣ）。風穴：風所出之處。淮南子覽冥訓云：「鳳皇……濯羽弱水，莫（暮）宿風穴。」蓋是古代神話中的地名。宋玉風賦：「空穴來風。」傾寤：攲眠而醒。嬋媛：狀悲感流連的意態。嬋媛已見離騷和九章哀郢篇，義大略同而微別。

【譯述】我呷着又多又涼的露水，用凝結着的潔白的霜來漱口。依靠着風穴獨自休息，側身睡了一會兒，忽然醒來，覺得無限的留戀惆悵。

馮崑崙以瞰霧兮，隱岷山以清江。憚涌湍之磕磕兮，聽波聲之洶洶。

「瞰」一作「瀲」。「霧」下一有「露」字。「礚礚」一作「磕磕」。

馮：據。音憑（ㄆㄧㄥˊ）。瞰：視。苦濫切（ㄎㄢˋ）。隱：依。於靳切，去聲（ㄧㄣˋ）。意與「馮」同。岐：和岷同，音民（ㄇㄧㄣˊ）。岐山卽岷山，大江所出。清江：使江水清澄，意謂欲澄清邪惡。憚：驚，畏。礚礚：水石聲。礚（磕），苦蓋切，又苦盍切（ㄎㄜ）。洶洶：水聲。音凶（ㄒㄩㄥ）。

【譯述】我憑着崑崙山向下面看迷霧，依着岷山要使得江水變清澈。急流沖石的潺潺聲眞是驚心動魄，我又聽到那洶洶的波浪聲。

紛容容之無經兮，罔芒芒之無紀。軋洋洋之無從兮，馳委移之焉止。

「委」一作「逶」。「移」一作「蛇」。

容容：變動之貌，紛亂之貌。罔：通惘。芒芒：昏亂貌。（辭通）軋：傾壓之貌，勢相傾之貌。於八切（ㄧㄚˋ）。一說：軋，載重碾軋有聲。委移：長貌。委，音逶（ㄨㄟ）。參看離騷「載雲旗之委蛇」下註釋。這四句是說：已心煩亂，無復經紀，既不知所從，又不知所止。

【譯述】我的精神恍恍忽忽，紛亂不定，失了常態。我顚簸着，水波汪洋；我馳驅着，道路漫漫：不知道要到哪兒去啊。

漂翻翻其上下兮，翼遙遙其左右。氾潏潏其前後兮，伴張弛之信期。

「漂」一作「飄」。「翻翻」一作「幡幡」。

漂：浮。音飄(ㄆㄧㄠ)。 上下：謂登山入水。 翼：疾趨。論語鄉黨：「趨進，翼如也。」王夫之云：「翼，飛騖也。」 氾：濫。 潏：涌出。音決(ㄐㄩㄝˊ)。 伴張弛之信期：洪云：「伴讀若背畔之畔，言己嘗以弛張之道期於君，而君背之也。」按伴，和叛(畔)同，讀叛(ㄆㄢˋ)。弛，和弛同，音矢(ㄕˇ)。張弛，謂緊張與弛緩，以弓弦喻政事。禮記雜記下：「一張一弛，文武之道也。」

右，古音羽已切。

【譯述】升騰漂浮着我要上山入水，又想遠遠地跑到你的旁邊。我眞想好像流水一般，湧出於你的前後；可是你相信小人們的話，使我的計畫落空。

觀炎氣之相仍兮，窺煙液之所積。悲霜雪之俱下兮，聽潮水之相擊。

炎氣：火氣。 相仍：相從。 煙液：火氣鬱而為煙，煙氣流而為液。煙，謂雲，液，謂雨。 所積：所聚。 炎氣煙液，指春夏之時。霜雪潮水，指秋冬之時。

【譯述】我看着那團團的火氣，迷漫的雲和溟濛的雨。繁霜降着，白雪飄着，多麼悽涼啊；我又聽着那潮水相拍擊的聲音。

借光景以往來兮，施黃棘之枉策。求介子之所存兮，見伯夷之放迹。

光景：神光電景。　黃棘：棘刺。山海經中山經：「苦山，其上有木焉名曰黃棘，黃華而圓葉，其實如蘭。」　枉：曲。以棘爲馬策，旣有芒刺，而又不直，則馬傷深而行速。孫詒讓云：「黃棘多刺，又策當直而今反枉，皆言其不足用。」按孫說「言其不足用」，和王朱舊注不同。上句云，「借光景以往來兮，」言往來速疾，舊解於上下文意較連貫，今從舊說。所存：猶言所在。　放迹：猶言逸迹。　這四句的意思是說：自己願借神光電景，飛注往來，施黃棘之刺以爲馬策，欲其利用急疾，往求介子伯夷的故迹。

【譯述】我要用彎曲多刺的黃棘做馬鞭，憑着閃爍的電光來來去去。去探求介之推的流風，和伯夷的事迹。

心調度而弗去兮，刻著志之無適。曰吾怨往昔之所冀兮，悼來者之愁愁。

「弗」一作「不」。「愁」一作「逖」。

調：和。度：法度。意思是說：和調自己的心氣，以合法度。調度見離騷「和調度以自娛兮」句。　弗去：不忍舍去。　刻：勵。　著：立。　無適：猶言矢志不移。　曰：語辭。

無義。一說：曰，與二子相語之詞。

怨往昔之所冀：往日所希冀者，俱不能遂，故怨。惄惄：憂懼貌，驚懼貌。惄，他的切（ㄊㄧˋ），同惕。

【譯述】我把心氣平靜下來又捨不得離去，努力着使自己的意志不可動搖。我怨恨從前的一切希望都不能實現，對將來只覺得害怕，悲傷。

浮江淮而入海兮，從子胥而自適。望大河之洲渚兮，悲申徒之抗迹。

淮：淮水。源出河南桐柏山，至淮浦（在今江蘇漣水縣）入海。子胥事已見涉江註。子胥死，吳王使取其尸，盛以鴟夷（革囊），而投之於江。自適：謂順適己志。大河：黃河。小洲叫做渚。申徒：申徒狄。（姓申徒，名狄。）莊子盜跖篇：「申徒狄諫（紂）而不聽，負石自投於河。」抗迹：猶哀郢篇的「抗行」。

【譯述】我將要在大江淮水上漂浮，一直漂到大海裏，跟隨伍子胥以如我所願。眺望着大河裏的洲沚，想起申徒狄的偉大的犧牲使我悲痛。

驟諫君而不聽兮，任重石之何益？心絓結而不解兮，思蹇產而不釋。

「任重石」原作「重任石」，洪校云：一云「任重石」。今從洪校一本。朱本、戴本和此同。一本無末二句，非是。（按末二句又見哀郢篇。）

驟：數。任：負，抱。任石：卽「懷沙」的意思。

【譯述】我好幾次向你勸諫，你都不肯聽；就是抱着沉重的石頭跳到水裏，又有什麼好處呢？我的心老是掛念着，情思盤結着，眞沒法兒解開。

【評】

司馬遷曰：「余讀離騷天問招魂哀郢，悲其志。」

李賀曰：「其意悽愴，其辭瓌麗，其氣激烈，雖使事間有重複，然臨死時，求爲感動庸主，自不覺言之不足，故重言之，要自不爲冗也。」

洪興祖曰：「騷經之詞緩，九章之詞切，淺深之序也。」

朱熹曰：「九章者，屈原之所作也。屈原既放，思君念國，隨事感觸，輒形於聲。……今考其詞，大抵多直致，無潤色；而惜往日悲回風，又其臨絕之音，以故顚倒重複，倔強疎鹵，尤憤懣而極悲哀，讀之使人太息流涕而不能已。」

陳本禮曰：「屈子之文，如離騷九歌，章法奇特，辭旨幽深，讀者已目迷五色；而九章谿逕更幽，……淒音苦節，動天地而泣鬼神，豈尋常筆墨能測？朱子淺視九章，譏其直致無潤色，而不知其由蠶叢鳥道巉巖絕壁而出，而耳邊但聞聲聲杜宇啼血於空山夜月間也。」

九章韻讀

㈠所注古音，大抵依據戴震屈原賦音義。

㈡凡方音字旁加「·」為記。

㈢凡相協韻的字，依篇中次序排列，每節一行，上加數字，以明韻部不同（起韻或轉韻處）。

惜誦

1 情 正（平聲。）

2 服（古音匐。） 直

3 肬（古音云其切。） 之

4 變 遠

5 仇 讎

保 古音補苟切。　道 古音徒口切。

6 貧　門

7 志　咍 古音嬉。

8 釋 古音施若切。　白 古音蒲各切。

9 情（惡）　路

朱熹云：「『中情』，以韻叶之，當作『善惡』，而惡字又當從去聲讀，由騷經一句差互，故此亦因之耳。」又云：「中間『善惡』字誤為『中情』，使一章音韻不叶。今已正之，讀者可以無疑矣。」

10 閘　忳

11 杭　旁

12 恃　殆 古音徒以切。

志　態 古音他計切。

13 伴　援

14 好 古音許候切。江氏音呼瘦反。　就

15 言　然

16 下（古音戶。） 所
17 尤（古音云其切。） 之
18 忍 軫
19 糧 芳
明（古音茫。） 身（讀如商，蓋方音。）

涉江

1 衰 鬼
2 璐 顧
3 英（古音央。） 光
4 風（古音甫歆切。） 林
5 汰（古音特計切。） 滯
6 陽 傷
7 如 居
雨 宇

湘圃

8	中（讀如張，蓋方音。）	窮（讀如強，蓋方音。）　行（古音杭。）
9	以	醢（古音虎唯切。）
10	人	身
11	遠	壇
12	薄	薄
13	當	行（古音杭。）

「行」和「中」「窮」協韻。「接輿髡首兮，桑扈臝行」二句，義屬下節，韻屬此節，所謂「韻意不雙轉」之例。此採取王夫之之說（見楚辭通釋序例），而略有出入。

哀郢

1	懲	遷
2	亡	行（古音杭。）
3	極	得
4	霰	見
5	薄（古音之略切。）	客（古音苦各切。）
		釋（古音施若切。）

6	7	8	9	10	11	12	13	14	15
江（古音工。）	反	心	如	接	復	持	天（古音他因切。）	慨（古音苦既切。）	時
東	遠	風（古音甫歆切。）	蕪	涉	感	之	名（讀如民。）	邁（古音莫制切。）	丘（古音欺。）

抽思

1	2	3
傷	浮	鎮（音珍。）
長	懷	人

4 期 志

5 姱（古音枯。） 怒

6 敢 憺

7 聞 患

8 亡 光（「光」諸本作「完」，洪興祖校：一本作「光」。馬瑞辰云：「完」當從一本作「光」，與「亡」為韻。戴震本作「完」，云：「假借為韻。」）

9 儀（古音牛何切。江氏音俄。） 虧（古音去戈切。江氏音柯。）

10 作 矱

11 正（平聲。） 聽

12 北 域 側 得 息

13 歲 逝

14 星 營

15 同 容

16 潭（古音尋。） 心
17 顧 進（子甸切，蓋方音。）
18 姑 徂
19 思 媒
20 救 告（古音居候切。陳第云：古音穀。）

懷沙

1 莽（古音莫補切。） 土
2 默 鞫（鞠）（紀力切，蓋方音。） 抑
3 替（朁） 鄙 改（古音紀。）

這裏韻部仍依戴震音義；惟上面分段，則依段玉裁之說，「抑」「替」爲韻，「鄙」「改」爲韻，四句一節，較爲整齊。

4 盛（晟） 正
5 章 明（古音茫。）
6 下（古音戶。） 舞

7 量 臧
8 濟 示
9 怪（古音愧。） 態（古音他計切。）
采（古音且禮切。） 有（古音羽已切。）
10 豐 容
11 故 慕
12 強 像
13 暮 故
14 汩 忽
15 四（正） 程
朱子云：「『四』當作『正』。」「正」與「程」為韻。
16 錯 懼
17 喟 謂
愛（古音於既切。） 類

思美人

14 13 12 11 10 9 8 7 6 5 4 3 2 1

度 能 木 揚 態 佩 莽 悠 之 度 化 詒 將 發 眙

古音奴異切。 古音他計切。 古音莫補切。 古音呼戈切。

暮 疑 足 章 竢 異 草 憂 旹 路 爲 志 當 達 詒

古音采古切，蓋方音。 (時) 古音譌。

故 出 期

惜往日

1
時 疑
娭 治（直之切。）
之 否（古音方尾切。）
欺（古音云其切。） 思 之
尤 之

「時」一作「詩」，戴震云：「蓋字形之誤。」

2
流 昭（讀如周，蓋方音。）
幽 聊（古音力求切。）
由 廚（古音池由切。）

3
牛（古音疑。） 之

4
憂 求 游

5
之 疑

辭 之

戒 古音訖力切。　得
佩　好
代 古音徒既切。　意
置　載 古音子置切。
備　異
再 古音子智切。　識 音志。

「好」，段玉裁以為古音三部與一部合韻。馬其昶云：「『好』當為『媚』。廣雅：『媚，好也。』疑校者旁注其訓，因譌為正文，遂至失韻，不可讀矣。」

橘頌

1
服 古音匐。　國
志　喜

2
摶　爛

3
道 古音徒口切。　醜

「任道」一作「可任」，朱子云：「一作『可任』，非是。」戴本亦作「任道」。按「道」與「醜」為韻。段玉裁以為「任」「醜」七部與三部合韻。「任」讀如蹂。

4 異　喜

5 求　流

6 失　地
「過失」一作「失過」。江永云：「『地』與『失』去入爲韻，……或作『失過』者非。」（古韻標準）
段玉裁以爲「過」「地」爲韻，「地」本音在十七部，讀如沱。與江說異。

7 友（古音羽已切。）　理

8 長　像

悲回風

1 傷　倡（平聲。）
忘　長
芳　章
芳　貺（平聲。）
羊　明（古音茫。）
處　慮

2 曙　去

3	恃	止	
4	膺	仍	
5	湯	行（古音杭。）	
6	至	比	
7	聊（古音力求切。）	愁	
8	還	聞	
9	默	得	
10	解（古音紀。）	締	
11	儀（古音牛何切。）	爲（古音譌。）	
12	紆	娛	居
13	顚（古音都因切。）	天（古音他因切。）	
14	雺	媛	
15	江（古音工。）	洶	
16	紀	止	

17

右（古音羽已切。） 期

積 擊

策 迹

適 狄

適 迹

益 釋

卷末

參考書舉要

楚辭章句　（漢）王逸
六臣註文選　（唐）李善　呂延濟等
楚辭補注　（宋）洪興祖
楚辭集注　（宋）朱熹
附楚辭辯證
　楚辭後語
屈宋古音義　（明）陳第
楚辭疏　（明）陸時雍
楚辭評註　（明）王萌　姪王遠

楚辭通釋 (清)王夫之
屈詁 (清)錢澄之、
楚辭燈 (清)林雲銘
山帶閣註楚辭 (清)蔣　驥
附楚辭餘論
離騷彙訂 (清)王邦采
附屈子雜文箋略
屈原賦注 (清)戴　震
附屈原賦音義
屈原賦通釋
離騷箋 (清)龔景瀚
屈辭精義 (清)陳本禮
楚辭釋 (清)王闓運
屈賦微 (近代)馬其昶
離騷圖 (明)蕭雲從
史記 (漢)司馬遷

新序 （漢）劉向
漢書 （漢）班固
淮南子 （漢）劉安
山海經
文心雕龍 （梁）劉勰
古韻標準 （清）江永
六書音均表 （清）段玉裁
楚辭韻讀（音學十書之三） （清）江有誥
詩聲類 （清）孔廣森
讀書雜志 （清）王念孫
札迻 （清）孫詒讓
容齋隨筆（五集） （宋）洪邁
日知錄 （清）顧炎武
陔餘叢考 （清）趙翼
評註昭明文選 （清）于光華
古文辭類纂 （清）姚鼐

七十家賦鈔 （清）張惠言
楚辭選讀 （現代）沈德鴻（商務）
楚辭新論 （現代）謝无量（商務）
離騷集釋 （現代）衞瑜章（商務）
離騷九歌輯評 （現代）王 鎣（臺灣）
屈原賦校注 （現代）姜寅清（世界）
宋元戲曲史 （近代）王國維（商務）
讀騷論微
九歌中人神戀愛問題 （現代）蘇雪林（文星）
中國文學史簡編
中國文學發展史

采引諸家傳略

劉安 漢高帝孫，襲父封爲淮南王。好讀書鼓琴，善爲文辭。武帝方好藝文，使爲離騷傳，旦受詔，日食時上。嘗招致賓客方術之士數千人，作內書二十一篇，即今淮南子。後有逆謀，事發，自殺。

司馬遷 字子長，漢夏陽人。性好遊歷，足跡半天下。繼父談爲太史令。會李陵降匈奴，遷極言其忠，忤武帝，被腐刑。後爲中書令。發憤成太史公書，凡一百三十篇，後稱史記。

劉向 字子政，本名更生，漢宗室，高帝同父少弟楚元王交之四世孫，沛人。成帝時，以光祿大夫典校祕書。著有新序、說苑、洪範五行傳、列女傳、列仙傳等書，又編集戰國策、楚辭。

班固 字孟堅，東漢安陵人。明帝時，典校祕書。著有漢書、白虎通義、漢武故事、漢武帝內傳等書。

王　逸　字叔師，東漢宜城人。初爲校書郞，順帝時爲侍中。著有楚辭章句等書。

鄭　玄　字康成，東漢高密人。箋注毛詩、周禮、儀禮、禮記等書，爲漢學家所尊奉。

江　淹　字文通，梁考城人。少有文譽，世稱江郞；晚年才思微退，時人謂之才盡。有江文通集。

劉　勰　字彥和，梁東莞人。撰文心雕龍，論古今文體及文之工拙。

蕭　統　卽昭明太子，字德施，小字維摩，梁南蘭陵人。讀書過目成誦，年三十一卒。所輯文選，爲總集之祖。

顏之推　字介，南北朝臨沂人。博涉羣籍，詞情典麗。著有文集及顏氏家訓。

成玄英　字子實，卽西華法師，唐陝州人。有莊子疏。

李　善　唐江都人。高宗時官崇賢館學士。淹貫古今，故人號書簏。爲文選注，敷析淵洽，著稱於時。

呂　向　字子回，唐涇州人。以李善釋文選爲繁，開元中與呂延濟、劉良、張銑、李周翰等，更爲詁解，時號五臣注。

杜　甫　字子美，唐襄陽人。自稱杜陵布衣，又稱少陵野老。官左拾遺及工部員外郞。有杜工部集。

沈　括　字存中，宋錢塘人。博學，於天文、音樂、醫藥、卜算，無不通曉。著有夢溪筆談、長興集等。

洪興祖　字慶善，宋丹陽人。著有楚辭補注、老莊本旨、周易通義等。興祖少時得東坡手校楚辭十卷，後又得洪玉父而下本十四五家參校，遂爲定本，始補王逸章句之未備者。成書，又得姚廷輝本，作考異，其末又得歐陽永叔、孫莘老、蘇子容本，校正以補考異之遺。洪氏補注，於楚辭諸注之中，特爲善本，故朱子作集注，亦多取其說。

朱　熹　字元晦，一字仲晦，又稱晦菴，晚號晦翁，宋婺源人。著有易本義、詩集傳、四書集注、楚辭集注、晦菴集等書。楚辭集注成於晚年疾病呻吟之暇，其時韓侂胄用事，斥道學爲僞學，嚴禁之，朱子罷官退居，有感而注離騷，推重屈宋，可謂不得其平發憤之作。

洪　邁　字景盧，宋鄱陽人。著有容齋隨筆、夷堅志等書。

陳　第　字季立，號一齋，明連江人。著有毛詩古音考、屈宋古音義等。

張煥如　字泰先，明虎林人。

陸時雍　字昭仲，明桐鄉人。有楚辭疏、古詩鏡、唐詩鏡等。

王　萌　字遜直，明天門人。著有楚辭評註。姪王遠，字帶存，有評解，甚精闢，附於楚辭評註內。

黃文煥　字維章，明福建永福人。崇禎中坐黃道周黨下獄，因著楚辭聽直以寓感。其曰聽直，取九章惜誦「皐陶聽直」語也。

孫鑛　字文融，號月峯，明餘姚人。有孫月峯評經、今文選、書畫跋跋。

蕭雲從　字尺木，號無悶道人，明蕪湖人。明崇禎副貢，入清不仕，工畫，嘗於采石太白樓下四壁，畫泰山華嶽等圖，一時題者甚衆。有梅花堂遺稿、離騷圖行世。

顧炎武　初名絳，字寧人，號亭林，清初崑山人。著有日知錄、天下郡國利病書、音學五書、亭林詩文集等。

王夫之　字而農，號薑齋，學者稱船山先生，清初衡陽人。著述凡五十二種，有船山遺書行世。其楚辭通釋刪王逸本七諫以下各篇，而補以江淹山中楚辭、愛遠山及己所作九昭。其所詮釋，創見甚多。

錢澄之　原名秉鐙，字飲光，號田間，清桐城人。有莊屈合詁等書。

朱軾　字若瞻，一字可亭，號棠陰，諡文端，清高安人。有朱高安十三種、朱文端公集。

林雲銘　字西仲，清侯官人。少嗜學，每探索精思，竟日不食。暑月，家僮具湯請浴，或和衣入盆，里人皆呼爲書癡。有莊子因、挹奎樓集、楚辭燈等書。

徐煥龍　字友雲，清宜興人。著有屈辭洗髓。

何焯　字屺瞻，號茶仙，世稱義門先生，清江蘇長洲人。藏書極富，著有義門讀書記、義門題跋、義門先生集。

蔣　驥　字涑塍，清武進人。著有山帶閣註楚辭。是書前冠以史記屈原傳、沈亞之屈原傳、楚世家節略，次列楚辭地理五圖；凡訓詁考證，多前人所未及，採摭書目，達四百種，功力頗深；訓詁之外，益以餘論、說韻若干卷。明以來說楚辭者，此書最爲翔實。

王邦采　字貽六，號逸人，清無錫人。諸生，中歲棄舉子業，工於畫，喜箋注前人遺編，於離騷更別有解會。有離騷彙訂、屈子雜文箋略等，時采舊注，亦有新解。

奚祿詒　字蘇嶺，清黃州人。有楚辭詳解。

江　永　字愼修，清婺源人。著有周禮疑義舉要、鄉黨圖考、古韻標準等書。

戴　震　字東原，清休寧人。少學於江永，乾隆時修四庫全書。著有考工記圖、孟子字義疏證、方言疏證、原善、聲韻考、聲類表、屈原賦注、東原文集等。其屈原賦注成於乾隆十七年，段玉裁撰先生年譜云：「乾隆十七年壬申，先生年三十歲，注屈原賦成。先生嘗語玉裁云：其年家中乏食，與麵鋪相約，取麵爲饔飧，閉戶成屈原賦注。蓋先生之處困而亨如此。」有寫本僅三卷，蓋爲初稿，與刻本互有異同。

段玉裁　字若膺，一字懋堂，清金壇人。著有說文解字注、六書音均表、經韻樓集等。

趙　翼　字耘松，號甌北，清陽湖人。著有二十二史劄記、陔餘叢考、甌北集、簷曝雜記等。

姚　鼐　字姬傳，一字夢穀，學者稱惜抱先生，清桐城人。所選古文辭類纂，義例甚嚴，於清代惟取方苞、劉大櫆二家之作，習古文者多奉此為圭臬，因有桐城派之目。著有惜抱軒詩文集等書。

于光華　字惺介，號晴川，清金壇人。有評註昭明文選。

江有誥　字晉三，號古愚，清歙縣人。著有音學十書，其中楚辭韻讀一種，為治楚辭音韻者極重要之參考書。

孔廣森　字衆仲，一字撝約，號顨軒，清曲阜人。少受經於戴震。著有公羊通義、大戴禮記注、詩聲類等。

王念孫　字懷祖，號石臞，清高郵人。著有廣雅疏證、讀書雜志等。子引之，字伯申，著有經義述聞、經傳釋詞等。

龔景瀚　字惟廣，一字海峯，清閩縣人。有離騷箋二卷。

張惠言　字臯文，清武進人。裒輯七十家賦鈔，著有周易虞氏義、讀儀禮記、茗柯文集等。

陳本禮　字嘉會，號素村，清江都人。著有屈辭精義、漢樂府三歌注、協律鈎玄、急就探奇。其屈辭精義，采輯衆說，而多所發明。

王闓運　字壬秋，又字壬父，清湘潭人。其讀書室名湘綺樓，故自號湘綺老人。著有春秋公羊傳箋、墨子注、湘軍志、湘綺樓詩文集、日記、楚辭釋等。

畢大琛　清善化人，有離騷九歌釋。

孫詒讓　字仲容，號籀高（廎），清瑞安人。著有周禮正義、墨子閒詁、古籀拾遺、名原、契文舉例、札迻等。

馬其昶　字通伯，近代桐城人。有抱潤軒集、屈賦微等。

王國維　字靜安，一字伯隅，號觀堂，近代海寧人。著有靜安文集、人間詞話、宋元戲曲史（本名宋元戲曲考）、觀堂集林、殷墟書契考釋等，著述甚多，合刊爲海寧王靜安先生遺書。

跋

離騷淺釋等三册，原來是分册出版的，後來合爲一本，凡三卷；這次卻要重新排印了，於是趁此機會，加以一番修訂，增了卷末一卷，共分爲四卷。

離騷一篇，王逸章句未曾分節，朱熹的集注以四句爲一節，分爲九十三節。此後，錢杲之的集傳分爲十四節，王邦采的彙訂分爲三大段，屈復的新註分爲五段，方廷珪的文選集成分爲六段，戴震的屈原賦注分爲十段，末繫一亂辭，陳本禮的精義分爲十節，跟戴氏的分法略同。我認爲戴震的分段分得最好，最切當，極容易使讀者理會全篇的旨趣；因此第一卷離騷起初只是分節的，現在依照戴氏屈原賦注初稿的體例，旣分節，又分段，使得形式比較整齊，而全篇的脈絡又了然分明。

第二卷九歌的插圖，採自明人蕭雲從的離騷圖。雲從字尺木，號無悶道人，蕪湖人。擅長人物畫，冥心幻思，繪寫出生動精緻的作品，頗有助於讀楚辭者的興趣和領會。可是蕭圖其實除卷端有「三閭大夫卜居漁父」一圖，以及九歌天問各有圖外，離騷九章諸篇都沒有圖；四庫全書離騷全圖，雖然曾經由門應兆補繪了離騷九章等篇的圖，可惜目前尙無法借到這個本子影印，所以離騷九章兩卷的插圖只好暫且闕如了。

近來我的興趣偏重於欣賞批評方面，我覺得讀古典文學的作品，如果光鑽研而不知欣賞其佳妙處，或食古而不化，就好像身入寶山之中，卻空手回來，這是很可惜的。這些論評，將來倘若寫成了，擬另出一冊，作爲本書的續編。

訂正既竟，漫記於後。

天　華　六十四年三月七日深夜

滄海叢刊書目

國學類

中國學術思想史論叢(一)～(八)	錢　　穆　著
現代中國學術論衡	錢　　穆　著
兩漢經學今古文平議	錢　　穆　著
宋代理學三書隨劄	錢　　穆　著
先秦諸子繫年	錢　　穆　著
朱子學提綱	錢　　穆　著
莊子纂箋	錢　　穆　著
論語新解	錢　　穆　著

哲學類

文化哲學講錄(一)～(五)	鄔昆如　著
哲學十大問題	鄔昆如　著
哲學的智慧與歷史的聰明	何秀煌　著
文化、哲學與方法	何秀煌　著
哲學與思想	王曉波　著
內心悅樂之源泉	吳經熊　著
知識、理性與生命	孫寶琛　著
語言哲學	劉福增　著
哲學演講錄	吳　　怡　著
後設倫理學之基本問題	黃慧英　著
日本近代哲學思想史	江日新　譯
比較哲學與文化(一)(二)	吳　　森　著
從西方哲學到禪佛教——哲學與宗教一集	傅偉勳　著
批判的繼承與創造的發展——哲學與宗教二集	傅偉勳　著
「文化中國」與中國文化——哲學與宗教三集	傅偉勳　著
從創造的詮釋學到大乘佛學——哲學與宗教四集	傅偉勳　著
中國哲學與懷德海	東海大學哲學研究所主編
人生十論	錢　　穆　著
湖上閒思錄	錢　　穆　著
晚學盲言(上)(下)	錢　　穆　著
愛的哲學	蘇昌美　著
是與非	張身華　譯
邁向未來的哲學思考	項退結　著

現代藝術哲學	孫　旗　譯
現代美學及其他	趙天儀　著
中國現代化的哲學省思	成中英　著
不以規矩不能成方圓	劉君燦　著
恕道與大同	張起鈞　著
現代存在思想家	項退結　著
中國思想通俗講話	錢　穆　著
中國哲學史話	吳怡、張起鈞　著
中國百位哲學家	黎建球　著
中國人的路	項退結　著
中國哲學之路	項退結　著
中國人性論	臺大哲學系主編
中國管理哲學	曾仕強　著
孔子學說探微	林義正　著
心學的現代詮釋	姜允明　著
中庸誠的哲學	吳　怡　著
中庸形上思想	高柏園　著
儒學的常與變	蔡仁厚　著
智慧的老子	張起鈞　著
老子的哲學	王邦雄　著
逍遙的莊子	吳　怡　著
莊子新注（內篇）	陳冠學　著
莊子的生命哲學	葉海煙　著
墨家的哲學方法	鐘友聯　著
韓非子析論	謝雲飛　著
韓非子的哲學	王邦雄　著
法家哲學	姚蒸民　著
中國法家哲學	王讚源　著
二程學管見	張永儁　著
王陽明——中國十六世紀的唯心主義哲學家	張君勱原著、江日新中譯
王船山人性史哲學之研究	林安梧　著
西洋百位哲學家	鄔昆如　著
西洋哲學十二講	鄔昆如　著
希臘哲學趣談	鄔昆如　著
近代哲學趣談	鄔昆如　著
現代哲學述評㈠	傅佩榮編譯

中華文化十二講	錢　　穆　著
民族與文化	錢　　穆　著
楚文化研究	文崇一　著
中國古文化	文崇一　著
社會、文化和知識分子	葉啟政　著
儒學傳統與文化創新	黃俊傑　著
歷史轉捩點上的反思	韋政通　著
中國人的價值觀	文崇一　著
紅樓夢與中國舊家庭	薩孟武　著
社會學與中國研究	蔡文輝　著
比較社會學	蔡文輝　著
我國社會的變遷與發展	朱岑樓主編
三十年來我國人文社會科學之回顧與展望	賴澤涵　編
社會學的滋味	蕭新煌　著
臺灣的社區權力結構	文崇一　著
臺灣居民的休閒生活	文崇一　著
臺灣的工業化與社會變遷	文崇一　著
臺灣社會的變遷與秩序(政治篇)(社會文化篇)	文崇一　著
臺灣的社會發展	席汝楫　著
透視大陸	政治大學新聞研究所主編
海峽兩岸社會之比較	蔡文輝　著
印度文化十八篇	糜文開　著
美國的公民教育	陳光輝　譯
美國社會與美國華僑	蔡文輝　著
文化與教育	錢　　穆　著
開放社會的教育	葉學志　著
經營力的時代	青野豐作著、白龍芽　譯
大眾傳播的挑戰	石永貴　著
傳播研究補白	彭家發　著
「時代」的經驗	汪琪、彭家發　著
書法心理學	高尚仁　著
史地類	
古史地理論叢	錢　　穆　著
歷史與文化論叢	錢　　穆　著
中國史學發微	錢　　穆　著
中國歷史研究法	錢　　穆　著
中國歷史精神	錢　　穆　著

國史新論	錢 穆 著
秦漢史	錢 穆 著
秦漢史論稿	邢義田 著
與西方史家論中國史學	杜維運 著
中西古代史學比較	杜維運 著
中國人的故事	夏雨人 著
明朝酒文化	王春瑜 著
共產國際與中國革命	郭恒鈺 著
抗日戰史論集	劉鳳翰 著
盧溝橋事變	李雲漢 著
老臺灣	陳冠學 著
臺灣史與臺灣人	王曉波 著
變調的馬賽曲	蔡百銓 譯
黃帝	錢 穆 著
孔子傳	錢 穆 著
唐玄奘三藏傳史彙編	釋光中 編
一顆永不殞落的巨星	釋光中 著
當代佛門人物	陳慧劍編著
弘一大師傳	陳慧劍 著
杜魚庵學佛荒史	陳慧劍 著
蘇曼殊大師新傳	劉心皇 著
近代中國人物漫譚・續集	王覺源 著
魯迅這個人	劉心皇 著
三十年代作家論・續集	姜 穆 著
沈從文傳	凌 宇 著
當代臺灣作家論	何 欣 著
師友風義	鄭彥棻 著
見賢集	鄭彥棻 著
懷聖集	鄭彥棻 著
我是依然苦鬥人	毛振翔 著
八十憶雙親、師友雜憶（合刊）	錢 穆 著
新亞遺鐸	錢 穆 著
困勉強狷八十年	陶百川 著
我的創造・倡建與服務	陳立夫 著
我生之旅	方 治 著
語文類	
中國文字學	潘重規 著

中國聲韻學	潘重規、陳紹棠 著
訓詁通論	吳孟復 著
翻譯新語	黃文範 著
詩經研讀指導	裴普賢 著
陶淵明評論	李辰冬 著
鍾嶸詩歌美學	羅立乾 著
杜甫作品繫年	李辰冬 著
杜詩品評	楊慧傑 著
詩中的李白	楊慧傑 著
司空圖新論	王潤華 著
詩情與幽境——唐代文人的園林生活	侯迺慧 著
唐宋詩詞選——詩選之部	巴壺天 編
唐宋詩詞選——詞選之部	巴壺天 編
四說論叢	羅盤 著
紅樓夢與中華文化	周汝昌 著
中國文學論叢	錢穆 著
品詩吟詩	邱燮友 著
談詩錄	方祖燊 著
情趣詩話	楊光治 著
歌鼓湘靈——楚詩詞藝術欣賞	李元洛 著
中國文學鑑賞舉隅	黃慶萱、許家鸞 著
中國文學縱橫論	黃維樑 著
蘇忍尼辛選集	劉安雲 譯
1984	GEORGE ORWELL原著、劉紹銘 譯
文學原理	趙滋蕃 著
文學欣賞的靈魂	劉述先 著
小說創作論	羅盤 著
借鏡與類比	何冠驥 著
鏡花水月	陳國球 著
文學因緣	鄭樹森 著
中西文學關係研究	王潤華 著
從比較神話到文學	古添洪、陳慧樺主編
神話即文學	陳炳良等譯
現代散文新風貌	楊昌年 著
現代散文欣賞	鄭明娳 著
世界短篇文學名著欣賞	蕭傳文 著
細讀現代小說	張素貞 著

現代詩學	蕭　蕭　著
詩美學	李元洛　著
詩學析論	張春榮　著
橫看成嶺側成峯	文曉村　著
大陸文藝論衡	周玉山　著
大陸當代文學掃瞄	葉穉英　著
走出傷痕——大陸新時期小說探論	張子樟　著
兒童文學	葉詠琍　著
兒童成長與文學	葉詠琍　著
增訂江皋集	吳俊升　著
野草詞總集	韋瀚章　著
李韶歌詞集	李　韶　著
石頭的研究	戴　天　著
留不住的航渡	葉維廉　著
三十年詩	葉維廉　著
讀書與生活	琦　君　著
城市筆記	也　斯　著
歐羅巴的蘆笛	葉維廉　著
一個中國的海	葉維廉　著
尋索：藝術與人生	葉維廉　著
山外有山	李英豪　著
葫蘆・再見	鄭明娳　著
一縷新綠	柴　扉　著
吳煦斌小說集	吳煦斌　著
日本歷史之旅	李希聖　著
鼓瑟集	幼　柏　著
耕心散文集	耕　心　著
女兵自傳	謝冰瑩　著
抗戰日記	謝冰瑩　著
給青年朋友的信(上)(下)	謝冰瑩　著
冰瑩書柬	謝冰瑩　著
我在日本	謝冰瑩　著
人生小語(一)～(四)	何秀煌　著
記憶裏有一個小窗	何秀煌　著
文學之旅	蕭傳文　著
文學邊緣	周玉山　著
種子落地	葉海煙　著

向未來交卷	葉海煙 著
不拿耳朶當眼睛	王讚源 著
古厝懷思	張文貫 著
關心茶——中國哲學的心	吳怡 著
放眼天下	陳新雄 著
生活健康	卜鍾元 著
美術類	
樂圃長春	黄友棣 著
樂苑春回	黄友棣 著
樂風泱泱	黄友棣 著
談音論樂	林聲翕 著
戲劇編寫法	方寸 著
戲劇藝術之發展及其原理	趙如琳譯著
與當代藝術家的對話	葉維廉 著
藝術的興味	吳道文 著
根源之美	莊申 著
中國扇史	莊申 著
立體造型基本設計	張長傑 著
工藝材料	李鈞棫 著
裝飾工藝	張長傑 著
人體工學與安全	劉其偉 著
現代工藝概論	張長傑 著
色彩基礎	何耀宗 著
都市計畫概論	王紀鯤 著
建築基本畫	陳榮美、楊麗黛 著
建築鋼屋架結構設計	王萬雄 著
室內環境設計	李琬琬 著
雕塑技法	何恆雄 著
生命的倒影	侯淑姿 著
文物之美——與專業攝影技術	林傑人 著